APOIO **meet** Consulado Geral da França
Saint-Nazaire em São Paulo

DIAS
DE
FAULKNER

ANTÔNIO DUTRA

imprensaoficial

elas são Então faça como todo mundo e decida que elas são
o que você acredita ver ou como as imagina e decida que foi
desse modo que isso se passou e então isso terá se passado
realmente aqui —CLAUDE SIMON

A irritação se insinuava como uma pequena dor de cabeça, não tanto pela monotonia das hélices que se movimentavam, deixando na saída dos propulsores uma mancha acinzentada, redonda e uniforme. Certamente não era música a seus ouvidos, pior: a experiência ruidosa alimentava nele o desconforto que, por algum motivo, tornava aguda a sensação de uma inadequação diluída nas frases trocadas rapidamente com a aeromoça, a quem devolvia um solitário thank you vez por outra.

Olhando para fora, da janela brotava um pedaço turvo, impreciso, quase todo negro, de paisagem; como um fundo de tela, cujo centro seria a asa e seu par de hélices. O senhor não deseja descansar? Não, realmente, não. Agradeceu ao segundo convite da aeromoça em acompanhá-lo até a cabine de repouso de passageiros. Ela ainda seguiu com uns passos muito leves, discretos, quando ele notou o broche dourado sobre o quepe triangular azul, que deixava reluzir, no meio de duas asas estilizadas, o símbolo da companhia.

Lembrou de ver uma outra vez no mapa afixado mais à frente a rota traçada entre Lima e Rio de Janeiro, que levava em seguida para São Paulo. De que valeria se a distância no mapa seria apenas uma reta? Não valeria o esforço de se levantar e saciar uma curiosidade, tal qual um estudante satisfeito em fazer deslizar o dedo sobre a linha assinalada, e que julgava agora desnecessária. A reta não contaria da trepidação, do ruído, da vontade repentina de reencontrar sua rotina, não sentir como um peso a ausência das colunas imponentes da casa, a tolice corriqueira dos cães, os livros, o escritório, e todo o trabalho de escrever; os seus.

Notou que a suave turbulência agitava levemente os cubos de gelo que executavam um movimento ritmado dentro do copo, mas sem o furor das tempestades oitocentistas em alto-mar, algo menor, antes um cri-cri pequeno, como de grilo, no entrechoque, minimizado razoavelmente pela atenção da aeromoça que em seu vestido bege e rosto gentil realçado pelo contorno acalorado dos lábios verificava entre os passageiros se tinha acontecido algum acidente ligeiro ou se encontrava alguém entre soluços abafados.

Soerguendo a cabeça é possível notar que deve haver uns quarenta passageiros, no mínimo. De novo se encostando à poltrona, apoiou o polegar direito no lábio, deslizou o indicador no bigode. Imaginava as razões que justificavam esses homens viajarem para tão longe, como ele, mas é provável que, diante dos outros, seus motivos fossem excepcionais.

Quais motivos, a pergunta se repetia mentalmente, enquanto a noite, o drinque, os outros passageiros nada lhe respondiam.

Ao subir pelas escadas para o avião na capital peruana, tinha recebido o prospecto informativo das principais atrações da América do Sul, que folheava antes de ajeitar-se na poltrona. Notou as imagens das lhamas, o Corcovado, um casal dançando tango, porém sua atenção deslizou para a logomarca da companhia que, na parte inferior da página esquerda, mostrava um Dom Quixote desafiador na mistura entre arrogância e rudeza, sisudo, fora do tempo. Sob o símbolo — imitando letra cursiva — "El Conquistador". A couraça no peito e o capacete quinhentista do emblema confirmavam como uma bravura industrializada, seriada e ilusória a ligação que o engenhoso fidalgo efetuava pelo continente. Os dois estandartes, laterais à figura, pareciam babados vermelhos mal dispostos, e deixavam entrever, sob a espessura pouco convincente, feito um tapete de barba e bigode, a boca risível que parecia preparar um assobio.

Guardou no bolso, uma recordação futura para quando fosse bem velho. Sem saber que a esqueceria dias depois sobre a mesa do restaurante quando da visita ao hipódromo paulista.

Quem chega a um país desconhecido deve conhecer ao menos o mínimo de palavras que lhe darão um ar gentil e educado, tratando-se de uma personalidade internacional do cenário literário. A escolha surgia naturalmente: Obrigado, como vai? De nada e até logo; faltava verter para o português. É provável que não fossem muito diferentes de muchas grazias, como estás... E, e... O resto lhe fugia da memória enquanto erguia os dedos para a aeromoça para que lhe trouxesse um pouco mais de uísque.

Todos os jornais concordam: Ele desembarcou do DC-6 quadrimotor da companhia Braniff Airways, no aeroporto de Congonhas às 18h30. O avião após uma breve escala na Capital, trazia a figura mais esperada para o I Congresso Internacional de Escritores em São Paulo. Como ele, Robert Frost, Miguel Torga também eram aguardados.

Obrigada pela preferência. Atenção, apontava a comissária para os degraus. Agradeceu, enquanto preparava para descer, notou o movimento das hélices que morriam, tomando cuidado com sua bagagem de mão, segurando atento no corrimão da escada que dava acesso à pista, sem notar o fotógrafo, nem mesmo quando disparou o flash. Na foto conservada no jornal, veste um terno claro, talvez bege ou mesmo areia, a perna direita levemente recurvada como que já preparando o próximo passo. Os dedos da mão esquerda mantinham a bagagem leve, uma maleta quadrada, que lembrava mais uma caixa singela, feito memória antiga de imigrante; apesar de ser nítida apenas a lateral, encimada talvez por um sobretudo grande. Sob esta mão firme, percebe-se o chapéu, negro (ou

azul escuro, a foto em preto e branco perde em exatidão)
como a gravata. Na cena, o bigode e as sobrancelhas se
destacam em contraponto ao conjunto alvo dos cabelos.
No fundo, dentro da aeronave, é possível ver um homem
de terno e óculos de aros escuros observando a descida.
Por trás desse passo congelado de nosso protagonista,
imobilizado no tempo, na fuselagem tem, no pouco que a
foto deixa ver — pois a porta estava totalmente aberta, co-
lada à aeronave como o fazem até hoje as escotilhas — um
"s"; final de Airways. A saída era muito próxima à traseira
do avião. A calça é mais escura que o terno. Enquanto
descia, talvez achasse que encontraria dezenas de repórteres ávidos em lhe furtar uma declaração ou consi-
derações sobre o congresso, onde aí sim espocariam os
flashes e os malditos blocos de papel dos repórteres, e
seu nome repetido à exaustão. Mr. Faulkner, Mr. Faulkner.
O que o faria soltar uma ou duas afirmações genéricas
sobre o país e sua cultura. A verdade é que ele entrou
no aeroporto encontrando um grupo pequeno de pessoas,
um trio com que seguiria até o hotel e um ou outro repórter que, como ele, esperava uma recepção oficial. Saudou
os presentes se recusando em dizer qualquer coisa, só
uma... Insistiu o repórter com a caneta e bloco de notas;
apesar da diferença de idiomas, sem completar a frase.

Faulkner ajeitou os cabelos brancos, insistiu com o
dedo na negativa, para depois insistir com o olhar grave
e ligeiro mover de cabeça que não diria o que fosse. Os
três lhe acompanharam até o Cadillac 1954, com placa
diplomática. Um deles despediu-se do escritor para seguir em seu próprio carro. Ele, Osmar Pimentel, como
soube então, crítico literário que começou a divulgar
seus livros em artigos e revistas locais. Agradeceu a de-
ferência com um aperto de mão. Aparentava cansaço e
um desconforto característico de quem viajou por muitas

horas. Trocou algumas impressões sobre o encontro em Lima, passou a mão sobre a testa, confirmando para si a dor de cabeça, enquanto o veículo partiu negro, reluzente, pela noite de oito de agosto que já se anunciava fria.

O cansaço e a relutância posterior em tomar parte no congresso, ambos perpetuaram a história de sua chegada. Com o tempo, cristalizaram-se versões que diferem em alguns pontos laterais, cuja essência, porém, é a mesma.

PRIMEIRA VERSÃO

Desceu do avião na noite mais escura, sentindo quão difícil era achar concordância entre o mover das pernas e a descida, após uma série de encontros enfadonhos, mal se apercebeu deles, devidamente afogados no Jack Daniel's. O fato é: O prêmio Nobel sorvido aos goles desorientaram o velho senhor do Sul que, não sabia se vinha ou voltava, trôpego, as imagens, as pessoas, o vôo intercontinental, os rostos, repentinos triedros que se desatavam e o volume e proporção das imagens inconstantes, indo e vindo; Mas como? Perguntou-se, para depois apertar a mão do adido cultural e dos tradutores os senhores Pimentéis, mas era preciso uma equipe para traduzir meus livros? Mal formulou a interrogação aos senhores, quando se viu agarrado por estes mesmos tradutores que agora pareciam conduzi-lo por um corredor, uniformizados e rejuvenescidos, quase como rapazes de hotel. Sentiu que lhe arremessavam ao leito, onde repousava seguro, como se estivesse se sentindo levado por um suave mover de ondas. Notou que estavam uniformizados. E Mr. Brown? Onde está Mr. Brown?

Mal fechara os olhos quando o sol pareceu se intrometer indiferente ao amargor da língua, à lentidão dos gestos. Levantou-se da cama confortável em direção à janela, movendo com cuidado a cortina para saber onde estava. Do chão brotavam arranha-céus, aparentemente jogados a esmo no solo, era dia. Olhou, bateu na testa irritado, Oh my God, Chicago again?

Estava acertado que ficaria no Hotel Esplanada (de frente para o Teatro Municipal de São Paulo), um dos mais tradicionais do país como o Hotel Glória e refinamento similar ao Copacabana Palace, construído antes.

Foi se inteirando de suas obrigações como representante cultural norte-americano e dos homens que o acompanhavam no carro. Ao lado do motorista, à frente, vinha John Campbell, responsável pela seção do Office of Public Affairs (OPA) em São Paulo, que formava com outros escritórios pelo mundo o United States Information Service (USIS). A seu lado, o adido cultural Mr. Benoit, sobre quem recebera muito por alto a recomendação do adido cultural da embaixada Gordon Brown, na passagem breve pelo Rio de Janeiro. Não, realmente não vi nada da cidade. Monossilabou o escritor, deixando morrer a conversa, depois de ter a impressão de ter ouvido mais de uma pergunta; mas não tinha certeza. Compreendo, é uma pena, Gordon seria um bom guia. Bom, até agora temos acertados alguns encontros, um pronunciamento e duas palestras oficiais, acrescentou o diplomata. Em seguida, após rodeios e afirmações indiretas, ouvia de Faulkner que não faria discurso nenhum, que estava cansado, que deveriam encontrar algum lugar para comer, isto sim, a coisa mais urgente a ser feita.

Mr. Benoit lhe explicava que a recusa em conceder visto a um escritor brasileiro, Mr. Joao Linz do Raygo, havia causado muitos problemas com a intelectualidade local, francamente simpática aos comunistas. A visita pretende restabelecer a cordialidade entre nós e eles. Suponho que Ms. Muna Lee — como a conheço bem — deve ter lhe explicado... Do caráter especial desta visita.

Certamente, disse Faulkner, Ms. Lee me tinha convencido a ir à Suécia em 49, tenho um débito pessoal para com ela, além do mais, ela tem feito um bom trabalho pelos escritores do Sul; eloqüente, procurou me convencer a vir ao mais profundo sul das Américas, garantindo que seria seguro. Não posso dizer que esteja decepcionado.

As imagens reapareciam na memória, como que amarradas por um fio, seqüenciadas, ligeiras, lembrou do andar lento do cavalo, a descida da sela, e de quando abriu a caixa de correio, à frente da mansão que se orgulhava de ter adquirido, notou a carta timbrada que trazia o convite-convocação; as imagens se sucediam rápidas.

A acolhida desde Lima tem sido muito boa para um velho fazendeiro, disse Faulkner sem esconder o meio sorriso. Mr. Benoit retomou a palavra, procurando dissuadilo da relutância. Teceu elogios discretos, citou nomes de livros, perguntou da passagem recente por Paris, procurando afagar o ego de escritor de Faulkner que, como de qualquer outro artista, acreditava que tendesse a não se saciar de modo fácil. Todos lhe aguardam, você é a pessoa mais esperada desse Quadricentenário, não diria que estão há quatrocentos anos lhe aguardando, mas seria um desapontamento terrível para a América e para os brasileiros se não o vissem falar. O tom suave, diplomático, baixo, quase de cardeal pareceu atingir o alvo. Faulkner pareceu medir o alcance do que tinha ouvido.

De Washington, em carta datada de 10 de fevereiro de 1954 após ter mandado notícias da capital, de suas impressões em cartas anteriores, Érico Veríssimo escreve a José Lins do Rego, trata do visto de entrada negado. Afirmando-se solidário com o escritor, pois o considera "um democrata dos mais verdadeiros".

Faulkner repetia agora o que tinha dito em Lima: O pior deste mundo são os discursos, e por isso não iria pronunciar nenhum no congresso.

Passou a prestar atenção à paisagem, mal percebendo a expressão de contrariedade com que Campbell olhou para o adido cultural, antes de tornar o rosto para frente. Então só nos resta irmos ao restaurante, acrescentou Benoit. Mas as bagagens, é melhor deixá-las no hotel primeiro, retrucou Campbell. Tem razão, vamos ao hotel. Se importa, Mr. Faulkner? Não, realmente não. Depois das instruções ao motorista dadas pelo adido cultural, o silêncio parecia entrar, envolvendo as engrenagens, líquido, sutil, dentro do carro, inevitável como um nevoeiro, apesar do ronco do Cadillac.

Não era sem motivo que o trajeto até o Esplanada se tornou distante, frio; alguns graus abaixo do que se esperava para aquela noite.

Notou que o motorista do consulado tinha se dado conta da presença deles pelo retrovisor, tinha pedido que diminuísse um pouco a velocidade e a luz dos faróis, guardando a distância, mas o chofer parecia ignorá-lo apesar de repetir a toda hora, está bem, está bem. Velho conhecido da redação, a teimosia em escolher os piores atalhos para o trânsito e tomar as piores decisões contrárias a todo bom senso eram notórias. Estava calejado, não se irritaria. Do Morris Minor, 1949, que segundo a fábrica e o homem da agência chegava a 103 km/h, creme, 21 kW, e que costumava fazer em dias de bom humor, 5.9 litros a cada 100 km, o repórter via as lanternas do Cadillac, o rabo de peixe, cujas barbatanas seriam discretas em comparação aos modelos dos anos seguintes, e por isso mesmo, como ninguém sabe o que vem pela frente, eram então enormes. Notava a cabeça alva do escritor, no banco traseiro, logo atrás do motorista, virando vez por outra para o homem ao lado. Notou sem se deter mais, porque sua atenção era toda para a admirável novidade das barbatanas; sonhando com o dia que seu salário justificasse um financiamento do melhor carro do ano, em sua opinião.

Quando o carro oficial parou em frente ao hotel, e Faulkner saltou ligeiro, o repórter quase atropelou o rapaz das malas, nessa confusão de esperar que o motorista estacionasse, abrir a porta, fechá-la, voltar rápido, pegar o chapéu no console do carro, guardar o bloco de notas no paletó, caminhar em direção a Faulkner, disfarçar a intenção de entrevistá-lo, caminhar a passos largos, depois claramente correr, ignorar o funcionário do hotel que pretendia retê-lo, tentar manter-se em pé depois de mal evitar o encontrão do rapaz das bagagens, que lhe revidava o choque, e um desculpe muito do cínico que a custo saía da boca, ignorar isso também, declarar ao funcionário do hotel que o deteve, mostrando a palma da mão: O cartão branco escrito imprensa, *Correio da Manhã*; repetir, passar sinuoso entre as pessoas do saguão. Procurar pelos homens, os norte-americanos, erguendo o pescoço, ficando quase na ponta dos pés, a tempo de ver o escritor baixo como ele trocando palavras com o funcionário da recepção, pegando as chaves, caminhando em direção ao elevador, para em seguida sumir da cena.

Passou os olhos de um lado ao outro, viu os funcionários do consulado, percebeu a chegada dos que suspeitava serem escritores, poetas e artistas e, por ser correspondente do jornal do Rio, não conhecia, à exceção de alguns notáveis em qualquer lugar, como o mais famoso prosador de então, José Geraldo Vieira. Não podia dizer quem era aquele outro que espiralava a fumaça, levantando a cabeça, num gesto desusado, pesado, caído, um lenço decadentista entornando o pescoço na ausência de gravata, pronto a falar de alma, espírito e toda massa vaga que existe no universo. Acompanhado de talvez uma artista viúva da década de vinte, como se observava pela moda démodé, pelo rosto marcado, quebrado em pequenos pedaços, fissurado em minúsculos triângulos que se apossaram da face, disfarçados por camadas sucessivas de pó de arroz e jóias, espalhadas pelos braços, colo, pescoço e roupa, como um broche de abelha. Não distinguiria quem era quem na pequena corte formada às pressas entre os escritores municipais, estaduais, provinciais, no meio dos artistas de bairro, e homens célebres cuja notoriedade não ultrapassava duas esquinas. Procurou se aproximar de José Geraldo Vieira que conversava com os americanos, depois de reaparecer, Faulkner certamente caminharia em direção ao trio.

O retorno era aguardado por aqueles intelectuais e pequenos artistas, não era à toa que mais ou menos disfarçadamente todos olhavam para o elevador. O retorno do célebre escritor lhe valeu apenas o tempo de ouvir Geraldo Vieira convidar, the great writer of our time, como disse, para um jantar. Por sua vez, o repórter recebeu um aperto de mão muito pouco faulkneriano, quase distraído, como se fosse apenas um entregador de feira ou taxista que recebe pagamento de um homem preocupado em manter a conversa animada com uma mulher, ou grupo de amigos, e por isso todo resto é um adorno, um penduricalho, ou ainda como uma linha que delimitasse a aproximação do espectador das telas, uma faixa menos amarela que as outras, detalhe que numa sala repleta de quadros em exposição não merece mais que uma atenção postiça; sem a possibilidade de reatar o arremedo de conversa do aeroporto, sem possibilidade de repetir good night e contar com a boa vontade de um dos americanos em traduzir o que perguntava. Faulkner acenou para um e outro, e saiu com os dois diplomatas.

SEGUNDA VERSÃO

Faulkner estava bêbado o tempo inteiro. Usava o cabelo empapado de água para ver se cortava o porre, o que lhe deixava quase sempre com o paletó ligeiramente úmido à altura dos ombros e o odor inconfundível de álcool. A pior denuncia do seu estado era o nariz de um eterno vermelho, sangüíneo de vodka, rum, gim e toda espécie de bebida que caísse no copo. Atropelando os compromissos se metera perambulando pela noite paulistana, fazendo os mais recentes amigos de infância, tentando recriar Nova Orleans da juventude, percebendo que, ao fim de tudo, o dia se intrometia mais do que os diplomatas zelosos dos bons costumes e imagem norte-americana. Apesar da vigilância severa, Faulkner escapara a toda medida, a todo controle.

Certo dia, descendo ao saguão (em pijamas?), caminhou até à portaria de onde avistava a rua e todo o entorno, a Praça Ramos de Azevedo, o trânsito, as palmeiras, olhou em volta e perguntou: O que estou fazendo em Chicago?

O pior da profissão de jornalista: ser uma *persona non grata* por antecipação; quando seguiu de novo o Cadillac até à Taverna do Juca, na rua Ana Cintra, o repórter foi anotando toda a série de perguntas que lhe ocorria, as interrogações a serem feitas a Faulkner, sobre o Nobel, sobre sua vida nos EUA, sobre a vida dos negros, ops, pretos, como regulava a norma culta escrita da língua, os pretos de lá e passatempos e toda espécie de curiosidade inútil, cansativa e irritante que se propõe perguntar um repórter quando decide "animar" a matéria; os hobbies, a música, marca favorita e toda sorte de bobagem que um homem é obrigado a perguntar, quando disso dependem seus rendimentos ou seu cérebro é só um pouco mais complexo que um plâncton. Praguejava com o motorista, a distância, guarda a distância. No que a muito custo foi obedecido.

Primeiro passo: Fazer parecer que foi casual, entrar na Taverna do Juca, sentar-se e mesmo que estivesse sozinho à noite, fazer crer que vai pedir alguma coisa e para tanto: O cardápio, por favor. Aliás, essa é a preocupação número dois, pois a primeira foi entrar e sentar-se, olhar ao redor, procurando o trio que, pela diferença de motores, fabricação e desempenho entre um Cadillac e um Morris já teria tido tempo suficiente de começar a jantar. Aliás, essa era a preocupação número dois, não a número um; pois a primeira foi entrar, meter os olhos no fundo do restaurante, e reconhecer o escritor com a dupla de convivas e sentir, por sua vez, que Mr. Faulkner percebia-o também; não tão cordial quanto um instante antes, a expressão dele (nosso escritor norte-americano) nublava.

Sentou-se de costas para os fundos, retirou o chapéu e pôs sobre a mesa. Queria algo para beber, algo que não fosse tão forte. Que tal leite? gracejou o garçom. Está bem, meu amigo, já reparou que sou jornalista, que estou sozinho e, na verdade, eu quero entrevistar aquele homem do meio, entre os outros dois americanos, e obter o máximo de informações dele, enquanto ele está aqui. Por favor, me traga... Me traga o que ele pediu.

— Na seqüência?

— Na seqüência... Que seqüência?

— Pra comer eles não pediram ainda nada demais, só uns petiscos, e antes desse vinho tinto que terminam, beberam vinho branco. O senhor deu sorte de... Eu que 'tô servindo as duas mesas. Algo me diz que a gorjeta deles vai ser boa.

O repórter entendeu. Pediu então uma cerveja, abriu a carteira, retirou duas notas, fez sinal para que o garçom se aproximasse mais e depositou, meio sem jeito, sem a fumaça dos filmes policiais, sem o rosto convicto, sem naturalidade nem tabaco, nem o tom noir de Hitchcock; vacilante e colorido, tão somente a mão desajeitada, pondo as duas cédulas de cruzeiros no bolso, quase caíam, empurrou-as, passando em seguida a mão pelo cabelo. Retirou o bloco de notas do bolso e a caneta Parker. Garatujando o que tinha ouvido do garçom, personagem que voltava agora satisfeito, sorridente com a garrafa e o copo.

O repórter decidiu-se por um lanche, evitando virar para Faulkner de quem receberia dentre quinze minutos um olhar de reprovação. O garçom trazia as informações necessárias, a cada pedido, Faulkner pediu chicken à Kiev, prato muito bem recomendado na casa. Se tivesse contado no relógio, teria contado vinte e um minutos e trinta e oito segundos da entrada até a derradeira mordida no sanduíche já completamente frio. Bebeu de uma vez o que restava da cerveja, minuto após minuto, outro minuto, outro, tinha que criar coragem e extrair qualquer coisa, uma entrevista, (mais um minuto), uma declaração ou um prosaico espirro. Pagou ao garçom se levantando com o bloco à mão, vinte e seis minutos e trinta e três, mais um passo, vinte e seis minutos e trinta e oito, caminhou, encarando bem nos olhos, quarenta e um, já podia ouvir a voz adornada pelo sotaque distendido e certeiro do Sul. Capturava pedaços do que ouvia I'm and I don't e outras expressões, faltava coerência. Antes, contudo, Faulkner fazia com a mão que voltasse, que interrompesse a vinda e desse meia volta ou marcha ré, que o deixasse em paz, nada de literatura, esbravejou, sou apenas um fazendeiro e só entendo de problemas da terra. Escrevo para ganhar dinheiro. Campbell fez a vez de intérprete, talvez querendo se livrar daquela presença, no momento, indesejada.

O repórter anotou o que lhe era dito, retrucou Could you... Interview? Arrancando de Faulkner um Que espécie de jornal é esse? Causando o riso nos diplomatas. Faulkner retomou a postura de escritor oficial, ponderou o que diria, quando lhe foi traduzida a pergunta. Retomando disse: Anote aí para o seu jornal, desejo que os escritores sul-americanos, como todos os escritores de modo geral, tenham somente um objetivo: que é o ser humano. Não importa se... Não importa que no Congresso Internacional, que se reúne em São Paulo, haja europeus, latino-americanos e norte-americanos, porque na verdade, no congresso existe apenas o escritor preocupado com o homem. Agora me deixe em paz.

Mais êxito teve a imprensa com Robert Frost neste início de semana se mostrando à vontade, tranqüilo, sorridente, por todos os lados, onde houvesse imprensa e intelectuais; não recusando pronunciamento, encontros, visita à

Academia Brasileira de Letras, a Manuel Bandeira, doente, impedido de ir a São Paulo pelo médico. Calmo, Frost pavoneava versos atento aos cliques e flashes sucessivos, por exemplo, na descida do avião (ao contrário de Faulkner, quase sempre pego distraído), na foto distribuída pelo serviço de informações, espécie de assessoria de imprensa da embaixada, reproduzida à exaustão nos jornais. À esquerda, a filha do poeta, Leslie Frost Ballantine segura uma bagagem de mão clara, branca, arredondada, sobre uma sacola onde se lê PAA, as mesmas letras da fuselagem do avião às costas dos três personagens.

No centro, o próprio Frost, o único da cena olhando para frente, para fora do jornal, para o leitor, imaginando se sairia bem na foto. A seu lado Mr. Gordon Brown, adido cultural, ligeiramente recurvado, como se perguntasse alguma coisa, o triângulo branco que salta do bolso, naco de lenço muito apropriado, elegante. Ainda que não seja possível ver todo rosto, o cabelo brilhoso e o perfil lembram Ronald Reagan. Ronald Reagan, o primeiro; o das telas, cinza mais que sépia, nas cenas preservadas nos filmes dos anos trinta. Não o segundo; de guerra nas estrelas e espelhos pelo espaço, temeroso, não, não é a palavra correta, antes, hesitante entre aguardar ou fabricar ele mesmo o apocalipse.

Na quarta-feira 11 de agosto de 1954, todos os grandes jornais divulgariam a mesma notícia.

Faulkner terminava o jantar sorvendo o vinho tinto, deixando o rubro néctar descer pela língua e pelo palato, num toque breve, sentindo agora a ardência mais que o opulento sabor de cereja, em meio às amoras e púrpura, sobressaíam os taninos presentes no final, em meio às notas de café, chocolate e tabaco. Faulkner movia levemente a taça, criando ondas circulares, discretas, em meio ao corpo concentrado em elegância e harmonia; imaginava um mar, uma onda tragando seu próprio corpo, um ritmo regular, suave, sensual, afogando a decrepitude, a morte e a velhice, devolvendo aos lábios o sonho de gerações, o desejo do eterno. Queria mais, porém o vinho tinha acabado, lhe informava o garçom, o carregamento do Rio Grande do Sul não tinha trazido a encomenda. Com ar insatisfeito, disse: Tragam então vodka, estamos ou não estamos em um restaurante russo? No que foi rapidamente obedecido e deu ocasião para os últimos rabiscos do repórter que, saindo do restaurante, pôs o chapéu, tomou o automóvel, e seguiu recompondo as notas, em meio ao motor barulhento e as palavras do motorista dispersas na madrugada brumosa paulistana.

TERCEIRA VERSÃO

Quando despertou, o quarto, as paredes, o lustre eram percebidos como por trás de uma camada fina, sentia-se distante, encapsulado, envolto não exatamente por uma bolha, talvez um fino saco plástico que envolvesse os sentidos ou talvez o mundo. Ouvia longínquo como por um rádio transmissor ou gramofone antigo. A realidade se apresentava por uma filigrana, e tinha impressão que sua mão estendida não rompia o invólucro invisível. Levantou-se com cuidado, reclamando consigo, resmugando no mover amargo dos lábios. A luminosidade incomodava a ponto de fechar a expressão, juntando as sobrancelhas. Calçou como pôde os sapatos, sem se importar se boa parte dos pés não tinha entrado. Caminhou em direção à janela, fonte dos ruídos que lhe roubavam a atenção de maneira imperiosa, feito a lua refletida no espelho d'água quando se é criança, nesse exato momento porém, sem o mesmo encanto, até com fastio. Com a mão direita descortinou o rendado branco, descobrindo os carros e suas buzinas, uma produção caótica de sons, cacofônicos. Não pensou duas vezes:

I hate Chicago!

Em setembro, o USIS Public Affairs Officer Campbell escreveu ao Office of Public Affairs of the Bureau of Inter-American Affairs dando conta da passagem de Faulkner ao Brasil, contando da ausência do escritor à maioria dos eventos: encontros, discursos, conferências, coletivas à impressa e leituras por conta do seu estado deplorável. Por dias, contou, o diplomata tentou afastá-lo do álcool para que cumprisse os convites subseqüentes. Com estrita vigilância, Campbell fez apelos constantes e duros para que se contivesse, mantendo a compostura (to get himself on his feet) e que todas estas notícias não poderiam chegar aos ouvidos da imprensa hostil. No dia 11 de agosto, deu "uma entrevista excelente" em uma conferência de imprensa e se engajou em atividades das relações públicas tais como leituras e reuniões com escritores brasileiros e críticos literários, como um bom representante da USIS Public Affairs durante todo o tempo restante de sua estada.

To get himself on his feet, manter-se dentro dos limites dos seus próprios pés, algo como "manter a linha"; não há expressão tão exata em português.

Na segunda, dia 9, pela manhã, Faulkner se apresentou ao vivo e a cores a alguns poucos jornalistas, passeando pelas ruas de São Paulo, observando, indagando os nomes dos bairros populares e dos sofisticados, inquirindo costumes, ruas e palavras em português facilmente esquecidas no aeroporto quando de volta para casa. "Bom dia", "obrigado", que tinha que dizer muitas vezes aos rapazes do hotel, "saudade", "bandeirante" e "até logo" aprendidas com Oscar Pimentel, distribuídas como acenos, que atrapalhavam seu ofício de escritor, procurando descobrir o ar da cidade, os tons dos prédios, da paisagem e até as paredes carcomidas, pretendendo decifrar, capturar; como as janelas simplificadas em tarjas negras nas tintas de Utrillo, aprisionando nas telas, trampolim de seu próprio mundo realista, o cinza mais o azul dos telhados, o creme, o bege e o gelo diluindo o gris das fachadas parisienses, num tom estranhamente onírico. Pela primeira vez, notaram-lhe os olhos arredios, escapulindo nas entrevistas, distribuindo gracejos, sinceramente impressionado, "incrível" — para ser uma cidade latino-americana, quase uma gafe — a essa altura mal redimida pela admiração à grandiosidade da cidade, o barulho das ruas e o tumulto das obras públicas, cidade onde jamais moraria, agora sim, gafe. Mal contornada pela vontade de visitar uma fazenda de café (no interior) e como é mesmo o nome?

— Mato Grosso, acrescentou Campbell.

— Sim, Mato Grosso.

Faulkner ainda distribuiu autógrafos e apertos de mão, conversou um pouco, admirou a paisagem "feita pelo homem!", como lhe dizia uma jovem jornalista, porém ouviu sem o mesmo entusiasmo. Caminhou um pouco, deve ter voltado mais tarde ao hotel.

Fazia bem em não ter aparecido, na segunda mesmo à noite à abertura do congresso, em dizer que não se sentia bem, estava indisposto; passava os canais da televisão Admiral 21'', sem conseguir adivinhar o que diziam. Reconhecendo, contudo, a mesma mediocridade televisiva quotidiana, a pantomima de apresentadores e entrevistados, telejornal e toda espécie de programa fútil. Estava sem paciência de se levantar e mudar mais uma vez os canais que pareciam poucos. Fazia muito bem em procurar afundar a cabeça mais confortavelmente no travesseiro, enquanto em algum auditório da cidade, depois da abertura oficial do prefeito, da chegada dos correligionários, dos vereadores do mesmo partido, da sucessão de notoriedades, acompanhadas do hino nacional (ou municipal), dos intelectuais-diplomatas, religiosos, representantes das moças (que aí sim, valeria esperar ver), reuniam-se este-se toda sorte de autoridade desconhecida. Fazia bem em não ter que se levantar da cadeira e aplaudir toda espécie de desconhecido, que lhe entregasse um livro, e viesse lhe contar de Michelangelo, Poe, Hawthorne, etc. etc.

Fugindo à demora de toda sessão de abertura de congresso literário, que sempre começava por ser justificado por alguma personalidade que explicava ser "um assunto vastíssimo e de fascinante interesse e atualidade que poderá abrir novas perspectivas à compreensão do momento, e portanto, dos rumos, tão imprecisos que o mundo vai tomando na marcha acelerada dos progressos que o agitam". Ou ainda porque trazia a melhor exploração desse "manancial inesgotável de erudição e sabedoria, desse grandioso instrumento de conhecimento e moralidade, dessa fonte extraordinária de prazeres espirituais promovido pela imensurável série de obras criadas pelo espírito humano através de todas as idades o que permite estudar a literatura em seus elementos essenciais, seu desenvolvimento tanto na humanidade inteira quanto na evolução, mais característica, nos diferentes países e nos diferentes povos".

Enquanto decidia se valeria a pena levantar da cama... Sim, ele se levantaria e desceria até o bar, quase podia ouvir o discurso de mais de um escritor simbolista bradando contra os vícios, opressões, perfídia, mesquinhez, traçando esquemas de espiritualismos, deixando de lado a literatura mesmo; conclamando os demais escritores, "homens mais significativos de uma sociedade moderna que têm como objetivo serem os orientadores e guias morais das coletividades, que à sua falta se transformam em rebanhos estouvados, pastos de lobos de demagogos", passando em seguida da espécie humana à sociedade para no fim em palavras arrastadas, molengas, sem fôlego, à crítica dos costumes. "As grandes cidades são as coisas menos racionais do mundo; a superpopulação de uma sub-humanidade" (e não subumanidade, dizendo de forma a reforçar a presença do prefixo) "a obriga a acotovelar-se nas estações de transporte coletivo, nos congestionamentos urbanos, ela é incapaz de desviar-se para dar lugar ao que tem mais pressa. Planta-se no meio, maldosamente vagaroso, barrando o caminho dos que precisam caminhar rápido". Interrompendo-se com a tosse, continuando em seguida, depois do gole d'água, "e repetem-se os conflitos nas ruas, nas filas e nos campos espirituais". Agora interrompido pelos aplausos vigorosos, distribuindo definições e confirmando o papel do escritor como guru social.

Faulkner punha o paletó, rindo-se das frases batidas que se poupava de ouvir, como "civilização e progresso, palavras ainda não definidas nesta hora adiantada da história humana, este último termo que se refere ao avanço material, avanço da técnica, ao passo que o outro seria o afastamento cada vez maior da animalidade", concluídas com a afirmação de que o escritor deve "reagir às opressões ao preço doloroso da incompreensão ou ao preço terrível do decoro intelectual..." Interrompido porque foi ovacionado, até que outro escritor tomasse a palavra e procurasse manter o calor da audiência, bradando, lançando sentenças à espera de ouvir "bravo!" devolvido pelo auditório, decidindo ele mesmo por toda sociedade, enquanto ajeitava os óculos e o cinto na cintura excessivamente circular; representante dos mais legítimos da geração criada à base de Alfred de Vigny, revista *Fon-Fon* e Anatole France.

Faulkner ajeitou a gravata, depois o cabelo diante do espelho, podia imaginar o escritor local proclamar que este congresso era uma "afirmação do homem face às circunstâncias" e mais meia dúzia de expressões do humanismo de domingo, "se o homem fora escravo físico do seu semelhante, em nossos dias, ele corre o risco de submergir para sempre na escravidão espiritual, e o servo que ao menos podia sonhar com a dignidade do cidadão que um dia viria a conquistar, foi substituída pelo pária, sem a dignidade de homem que as forças conjugadas do

Leviatã parecem dispostas a arrebentar-lhe", arremata-
das por frases de efeito como "Este congresso é a afirmação de homens que pretendem salvar a sacralidade da
pessoa num mundo atacado pela demência do coletivo".
Lembrava de depois pedir aos representantes da embaixada para divulgarem que falaria mais à frente, temos a
semana toda, afirmaria no seu sotaque sulino. Estava far-
to (e tomou consciência disso no elevador) da obrigatorie-
dade de levantar, deitar, aparecer com o smoking ou terno
em paródia — piorada a cada nova versão — da entrega do
Nobel, agregando às pressas a última "novidade" ou notó-
rio escritor local, recebendo um livro ou revista literária a
cada encontro literário como páginas suplicantes. Ele se
sentia como do alto de uma ravina contemplando os autores erguendo seus livros, gritando seus nomes anônimos,
os rostos deformados, era inevitável demonstrar o horror
às mãos estendidas, querendo puxá-lo pelos pés, era assim que se sentia, e o outro (o irlandês) impedindo que o
alcancem. Os dois, não Dante e Virgílio, mas Faulkner e
Joyce, no meio do inferno, não os bares e todos os luxu-
riosos becos, vielas de Dublin, Oxford ou Paris, mas o inferno mesmo ou lugar nenhum ou não lugar, não bar, não
homens, não paisagem e não conversa sobre banalidades,
nem medida nem tempo, não histórico, o inferno; sem vida
porque não há morte, e Joyce como mestre, e não Proust,
compreendendo o temor também, em suas vestes longas
e louros sobre a cabeça, e tudo enfadonho como as palavras de apresentação da obra, a biografia resumida a uma
sucessão cronológica e o joguinho de "concordo" ou "dis-
cordo", influências e "o que você acha..." Réplica e tréplica
que se propõem a escritores quando no mínimo são dois,
como se fossem gladiadores verbais e o público — educa-
damente — desejando ver o sangue correr na arena. O aço
reluzente da navalha desembainhado não evita a vontade

de exigir, apesar de travarem a língua, antes que escape: Sacrifica! Sacrifica! Cujo único sinal de clemência surge dos aplausos finais.

Em entrevista a 30 de novembro de 1952, Faulkner revelou a Loïc Bouvard que se sentia muito próximo de Proust.

Chegando ao térreo, sentou-se no bar, pediu o que viraria o café da manhã, meio copo de gim com alguns dedos de tônica. Deixando o tempo passar sem obrigações, pouco afeito a pensar em discursos mofinos e perguntas embaraçosas. Mal percebeu o homem que se aproximava, dizendo-se jornalista, dizendo-lhe em francês razoável que era um outro écrivain. Ele, Lúcio Cardoso, lamentava conhecer pouco da obra, do tanto que gostaria, e do universo rural norte-americano de Faulkner que a imprensa insistia em sublinhar. Mas sabia que tentavam filiá-lo a Joyce, Henry James ou Flaubert, enfim, de quem se sentia mais próximo?

— Flaubert é meu escritor predileto, seu *Tentação de Santo Antão* tenho-o sempre comigo. No fundo, acho que sou uma espécie de herdeiro direto de Balzac. Eu apenas queria criar personagens, homens e mulheres que encontrei pelo caminho, o Sul da América é... Meus personagens são realmente fruto de uma profunda necessidade de humanização.

— E sua visão de mundo? Diziam à época do Nobel, pelo menos a imprensa estrangeira, que sua visão de homem era deprimente, pessimista...

— Jamais, interrompeu Faulkner ágil, o que disse a essa gente foi que a história é uma roda que gira, e ora tem um dos seus lados mergulhados na sombra, ora na luz. No momento em que vivemos, ela se acha mergulhada na sombra.

A conversa parou por aí. Lúcio Cardoso num retrato bem posterior, em 1961, recordava-se de um Faulkner rodeado de jornalistas, de fumo compulsivo, um homem pequeno, de nariz vermelho, "desses que ostentam certo gênero de bêbados" afirma. Um ser miúdo, "mal vestido e até mesmo maltratado". Inquieto, desajustado, incerto, rodeado por uma série de homens que invadiam o hotel a importuná-lo. Desse ser pequeno desprendia-se, como um facho, uma força, uma autoridade na fala que nunca vira igual. Lembranças a posteriori, reelaboradas, reescritas certamente. No seu *Diário Completo*, publicado em 1970, na página relativa a agosto de 1954, nenhuma nota de admiração ou censura; Cardoso vivia com uma espécie de febre, sentindo que as horas são cheias de uma angústia cuja origem não sabia explicar. E quem o sabe?

Se é verdade que um jornalista, da *Folha da Manhã*, achou que a cabeça de Faulkner era capaz de seduzir qualquer escultor, não é menos verdade que seu retrato foi executado muitas vezes. Cartier-Bresson em 1947, retratando sua América particular, o fotografou no Mississipi atrás da casa Rowan Oak, no jardim dos lírios. De perfil voltado para direita, Faulkner com quatro dedos da mão esquerda esconde o cotovelo direito, enquanto o polegar, o indicador e o médio parecem subir ligeiramente em direção à manga da camisa. Ele tem qualquer coisa de grave e sereno, com seus olhos que parecem convocar o horizonte, sua postura é de um homem altivo.

Voltados para esquerda, dois cães da raça Jack Russell Terrier, raça desenvolvida por conta do gosto pelas caças do reverendo John Russell; cachorros conhecidos pela teimosia, por serem voluntariosos e incansáveis corredores. Parecem alheios, como se saíssem por acaso na foto, e alguém percebendo que atrapalhavam lhes dissesse — talvez ao lado de Bresson — *Saiam daí! Venham cá!* Atentos, esperam o momento em que algum petisco ou guloseima fosse o sinal para a correria. Sem dúvida, o primeiro cão mais que o segundo (um pouco mais atrás) preocupado em fazer o alongamento matinal, como se a movimentação de pessoas o tivesse acordado há pouco. Ambos, contrapondo ao ar senhorial do escritor um toque de corriqueiro, banal, doméstico; esvaziando o ar solene de Faulkner, devolvendo ao conjunto na foto um pouco de lirismo inesperado, os três elementos da paisagem, cada um a seu modo, fruto do protestantismo. Cartier-Bresson eternizou o instante entre a grandeza e o prosaico, verdadeiros limites da vida humana.

Édouard Glissant propõe em seu ensaio "Sur l'opacité" no livro *L'intention Poétique — Poétique II* um Faulkner esquadrinhado, instigante e estranhamente belo, feito os desenhos renascentistas de lição de anatomia, assegurando para o leitor que nunca saberemos quem foi Faulkner; por trás da ironia ou sangue-frio, arrastado como seus personagens ao drama que expõe, gerado pela *paisagem* de errantes, bandidos, assassinos, linchadores e negros que falam por atitudes mais do que sabemos de seu interior. "A opacidade do negro é, bem-entendido, sua impenetrabilidade: em tanto quanto a pele negra, a alma obscura."

Paisagem febril (e fascinante, o homem gerado pela terra, ou um pedaço dela, como mostra Pierre Bergounioux) e o ato de escrever, uma luz entre tantas sombras, ao modo de Caravaggio. Um retrato. Um homem de 1,61m consumido ou ele próprio a vertigem.

Depois que Lúcio Cardoso se afastou, Faulkner pediu ao barman um jornal, usando essa espécie de esperanto precário de gestos e palavras em inglês e português, que se pode estabelecer entre dois homens de pouquíssimo vocabulário em comum. Folheou as manchetes sem entendê-las, pediu explicações ao rapaz que constrangido tentava alinhavar uma série de pensamentos, até que um cliente, aproveitando a ocasião para falar ao famoso "escritor rural", traduziu as manchetes, notando que os olhos do norte-americano passaram à foto da prisão de um homem. O hóspede traduziu a manchete que dizia de um suspeito, presumível autor do atentado contra um jornalista que acabou matando um oficial.

—Parece que tem gente implicada no Palácio do Catete.

—Carteth?

—Não, Catete; o palácio do governo no Rio.

O homem então lhe explicou as circunstâncias das forças políticas que se chocavam, a esquerda, a direita, os comunistas, as massas, os jornalistas; no que foi acompanhado por Faulkner sem muito interesse, preocupado mais em saber do jornalista que provavelmente deve estar nas últimas.

—Não! O atentado, por sorte, feriu-lhe o pé.

—O pé!? Meu Deus, o pé?

Faulkner recapitulou o que tinha ouvido, imaginou os passos do atentado, quase podia ver os homens aguardando o carro em Copacabana, armados, imaginou o carro saindo aos poucos da garagem, a espera em tomar a rua, deixando passar um ou outro carro, e a aproximação do outro veículo e depois o tiro —que atingiu o militar, mas como teria sido possível atingir um pé?

—Num carro é a coisa mais protegida.

O outro hóspede com a expressão brejeira, acrescentou:

—Aqui, tudo é possível.

Como um segredo ou história que se perde na transmissão familiar de uma geração à outra, a segunda-feira de Faulkner terminou, sem deixar outros rastros.

Os colares, chapéus de abas largas e esvoaçantes que deixavam as mulheres com um ar de bispos de Fellini, peles de morsa ou raposa, luvas que se estendiam até o antebraço, o preto dos vestidos, echarpes, os artistas plásticos, escultores, pianistas, os jovens escritores, as gravatas finas, os óculos negros, os demais congressistas, todos esperavam por William Faulkner. Torcendo para que, até o último minuto, todos aqueles rumores de bebedeira, misturados à expectativa de vê-lo pessoalmente, fossem trocados por meia hora, entre um vermouth e outro, de conversa. O ar era cortês, civilizado, de nobreza postiça de Novo Mundo, afoita por um antepassado europeu no século XIV ou XV que justificasse a combinação de sobrenomes enciclopédicos. Nos grupos entre o meio riso dissimulado se insinuavam as suposições. Como nesta roda, bem ao meio do jardim, entre os pequenos holofotes, especialmente instalados para a recepção. Nesta terça-feira à noite, o casal Warchavchik recebia os congressistas, ele, Gregori, pai das primeiras linhas modernistas na arquitetura, cuja casa na rua Santa Cruz 325, na Vila Mariana era o exemplo. Da fachada brotavam retas que davam à casa um ar de combinação de figuras geométricas elementares como cubos e retângulos que dispensavam volutas e colunas falsamente gregas. O tríptico de janelas encimava a porta, fazendo com que a casa tivesse um aspecto rígido, contraposto ligeiramente pelo jardim concebido por Mina Warchavchik que dava a cor local. A casa prenunciava a era do concreto e traços geométricos e colunas que varreria das duas cidades, Rio e São Paulo, o que havia sobrado das volutas e ornatos ecléticos. Marco fundamental modernista, a casa da Vila Mariana está para São Paulo assim como talvez esteja o edifício Gustavo Capanema para o Rio de Janeiro.

Sem entrarem na casa, os quase trezentos convidados tinham a sua disposição uma mesa farta até às cinco e meia da manhã preparada no jardim, os convidados podiam apreciar ainda o gosto pelo paisagismo e botânica da sra. Warchavchik. Foram armadas tendas que imitavam os pavilhões das exposições internacionais do início do século vinte. E serviam de abrigo a mais de um casal de namorados.

Caso nos aproximássemos, poderíamos ouvir o rumor das conversas, como o jovem que conta: Olha, ontem me contaram uma do Faulkner... Ele não vai aparecer em lugar nenhum! Calma, deixa eu contar, me disseram que ele ontem recebeu uma ligação, sério! Uma ligação importante... Não, lá vem você com uma... Gritou alguém do meio da roda. Olha, ele recebeu a ligação de um repórter inglês a quem ele teria respondido: Se é para falar de literatura, eu não estou! O rapaz do outro lado da linha deve ter ficado atônito, e ele disse esbravejando, ao que o repórter — um pouco assustado — teria respondido: Absolutamente, Mr. Faulkner, absolutamente. Eu gostaria de saber qual marca de uísque o senhor prefere? Ao que ele respondeu: Qualquer uma, desde que tenha álcool! Os jovens riram com gosto. Dizem que no meio do Esplanada quando tentavam retirá-lo do bar, ele teria dito, entre tantas coisas desconexas, que entre a dor e o esquecimento ele escolhia o Jack Daniel's. Será que ele vai aparecer? Sim, vai. Os americanos vão ficar no pé dele, eu também acho, ajuntou outro.

Os fotógrafos se acotovelavam para, entre as mesas, enquadrar o melhor ângulo daquelas personalidades. A noite continuou, alegre, divertida, internacional, com mais de trezentos convidados, dentre eles, Lasar Segall, José Geraldo Vieira, Di Cavalcanti, Cecília Meireles, um cônsul e uma viscondessa. Ao encontro faltou apenas um convidado, o que roubou um pouco o brilho do convescote.

No dia anterior, na segunda-feira dia 09, os principais matutinos de Nova York comentaram o "livro branco" publicado pelo Departamento de Estado sobre o caso da Guatemala e da penetração comunista na América Latina. O *New York Times* considerou que o propósito da publicação foi alertar toda a América sobre o perigo que representa a sua liberdade e independência um imperialismo comunista dirigido do Kremlin, tratando principalmente da quase vitoriosa tentativa comunista de se apoderar da Guatemala; o documento declara que o comunismo internacional é incompatível com o conceito americano de liberdade e que a dominação, ou controle de qualquer Estado americano, pelo movimento comunista constituiria uma ameaça para a soberania e independência dos Estados americanos, pondo em perigo a paz e exigindo contramedidas.

Alheio a essas questões, a quarta-feira de Faulkner começava com a nítida sensação de que saía de um sonho. As impressões mantinham-se vivas, apesar dos olhos abertos. Podia recompor os últimos momentos daquelas imagens. Lembrava de ter entrado na biblioteca, reconhecido sua máquina de escrever verde, entretanto quem datilografava era outro. É claro que reconhecia o homem; a barba curta, os olhos miúdos, a roupa marcava bem a geração do início do século. Um lorde aparente batendo com força na tecla. Notava agora que entrando na sala, pé ante pé, talvez aquele homem não o tivesse percebido, porque quase fechava os olhos enquanto teclava. Por alguma estranha convenção própria dos sonhos, não tinha os quase cinqüenta e sete anos completos, sentia uma idade indefinida entre vinte e dois e vinte três, cuidando que não atrapalhasse o homem que parecia retirar os papéis e revisar as frases. Faulkner se aproximou tendo à mão, o que o sonho fabricava às pressas, *Lord Jim*.

Faulkner abriu o livro, encontrando o título encimado pelo nome do autor.

Estranhamente, disse-lhe meia dúzia de palavras, quanto o estimava, e admirava seus livros, recebendo de volta apenas o silêncio de quem permanece concentrado no que faz. Conrad ergueu ligeiramente a cabeça, um pouco antes de Faulkner estender o livro, e lhe perguntar se poderia autografá-lo. Conrad pegou o livro claramente contrariado, abriu a primeira página, virou-a, passando à contracapa, e na última folha lançou a assinatura, como se fosse um presente e um protesto.

Virando-se para o jovem Faulkner disse em um sotaque ligeiramente eslavo: I'm the one.

Misturadas a estas imagens, recompunha a noite anterior, o jantar na casa do cônsul, suas impressões sobre a literatura atual norte-americana, ao que Faulkner concordou sobre a importância, as palavras corteses que ouviu e distribuiu, contraponto da noite que terminara em imagens esparsas de uma bebedeira. Torcia que não se tivessem passado na casa daquele homem gentil. Havia um bar, então... Provavelmente onde tudo se deu, o porre, a confusão de vozes, qualquer coisa para além da própria vontade, a efusão, os perfumes adocicados que agora pela manhã pareciam nauseantes, alguns rapazes que — hoje não os reconheceria um a um — prometiam um final de terça muito agradável se os acompanhasse. Faulkner passou tudo em revista, sem dissipar o incômodo. Não era tanto a expressão alquebrada, nem a vontade de permanecer calado, como se tentasse fugir dos próprios pensamentos. Observava a brasa que consumia o cigarro no cinzeiro, que tinha depositado com a mão trêmula, não saberia dizer se tudo se passava em minutos ou horas, perdera a noção do tempo, sem querer realmente reencontrá-la, deixando-se apenas estar;

percebendo o relógio junto à cabeceira, sem encontrar motivo para pegá-lo. A fumaça lhe pareceu vagarosa, repetindo como uma sucessão estúpida o movimento de subir espessa, aos poucos, tornar-se fluida, e em instantes, nada. Pousou a mão no rosto, cobrindo a face direita, descansando a cabeça, aspirando a fumaça melancólica, concluindo consigo que o amálgama de imagens lhe desagradavam. Mostrar-se daquela forma em público, pareceu exibir uma incontornável fraqueza. Remoendo cada pensamento que surgia, áspero era o amargor, fundo, de derrota; não o mesmo de quem perde uma competição ou é preterido numa disputa por postos, algo mais outonal, sentindo que vivera até ali submerso apenas em erro, que lhe surgia claramente, agudo, porém silencioso. Nada lhe fazia ocorrer nem pensar nos seus livros, amigos, família ou o mundo que construíra através de palavras e papel. Calado permaneceu por muito mais tempo, indiferente ao hoje, ao que tivesse sido o ontem ou quantos anos pela frente lhe reservaria o amanhã. Nestes instantes as horas lhe doíam como um soco.

O que queria dizer aquele sonho, I'm the one...

A.O. encontrou Faulkner em Estocolmo um ano depois de sua premiação ao Nobel, que também tinha feito a cobertura para a imprensa nacional. Era 1950, o escritor era lembrado não só pelas obras, mas pelo pronunciamento que fizera. Um dos melhores discursos em favor da matéria humana. Faulkner esperava os demais convidados para o banquete oficial, enquanto A.O. procurava encontrar uma maneira de alcançá-lo, passando pelos convidados, jornalistas, operadores de câmera, até que chegou ao escritor, disfarçando razoavelmente a vontade de entrevistá-lo. O escritor norte-americano pode ser visto nas imagens divulgadas pela Fundação Nobel, pois se celebrava os 50 anos da cerimônia de entrega dos prêmios, com a família real e laureados, incluindo Faulkner. No palco, ele segue a fila de premiados, precedido por Bertrand Russell. Ambos, aliás, como todo homem naquela ocasião, devidamente em fraque. A baixa estatura é aparente nas imagens. A dois minutos e doze segundos do início da filmagem, ele entra em cena, no canto direito.

Após a cerimônia, e antes que os convivas partissem para o banquete, A.O. caminhou até o escritor que se encontrava junto à parede, decidindo-se por puxar conversa. Em uma das alas do imponente prédio azul da sala de concertos, ou Konserthuset, de Estocolmo. A conversa começou com comentários sobre a temperatura que ia naquela cidade em dezembro de 1950 por volta de -3°C, passando pela construção do teatro, pela expectativa do banquete. Afirmava Faulkner esperar que fosse tão bom quanto o do ano passado. A.O. passou a elogiar, sobretudo, o discurso, exemplo a jovens de todo o mundo, por décadas será possível lê-lo com atenção, ao quê o escritor concordou com um leve mover da cabeça. Tudo ia ameno até que A.O. perguntou ao escritor norte-americano de seus gostos literários.

Anos depois, A.O. relembraria do rosto firme e das longas pausas que o norte-americano fazia entre uma frase e outra. Tudo correu bem quando se falou de Joyce, quando se evocou Balzac. "E Proust? Como o senhor vê a obra de Proust? Será que há alguma possibilidade de influência de Proust em sua ficção?" A expressão se fechara, havia irritação que escapava da voz que surgia, depois da longa pausa, entre dentes. Não há a menor possibilidade. Eu nunca... Eu leio o menos possível. Ler demais pode desviar um verdadeiro escritor de seu caminho! (Talvez sentindo que a entonação beirasse à rispidez, retomou a pausa...) Há influências que ajudam, mas outras que atrapalham, elas matam a originalidade de um romancista. Faulkner então passou a se concentrar na paisagem que lhe aparecia de uma janela lateral, de onde surgia uma Estocolmo coberta pela neve. Cidade toda branca, silenciosa e, estranhamente escura, ao contrário das luzes daqueles ambientes dourados do teatro da década de vinte. Raramente vou a Nova York, continuou, ou a qualquer outra cidade grande onde se juntam os escritores... Vivo no Sul, onde conheci muitas pessoas, algumas me inspiraram personagens. O Sul é meu mundo, minha gente. A verdade é que não gosto de conhecer escritores nem ter contato com eles.

Para A.O. quase cinqüenta e cinco anos depois, Faulkner parecia alguém "de poucos amigos" e que deixava nítido que Proust era um assunto a ser evitado.

Na terça-feira dia 10 de agosto, foi pedida na Câmara a renúncia do presidente da República. Dois dias depois, o jornalista Carlos Lacerda assistiria ao interrogatório do Chefe da guarda pessoal da Presidência, "Tenente" Gregório que prometia seguir madrugada adentro.

Desde a abertura do congresso, a sexta-feira 13 estava reservada para a visita dos congressistas ao Instituto Butantan, às 14h30.

Para o biógrafo Joseph Blotner, Faulkner visitou o instituto na quinta-feira. Dia que surgia um pouco mais brando, depois de uma quarta-feira que parecia soturna, decisiva.

Sua presença no Brasil tem sido um fiasco! Teria ouvido de um dos diplomatas, numa reunião em que muito pouco falou, ao contrário do tanto que ouviu. Enquanto o carro diplomático se aproximava do instituto, Faulkner podia reproduzir as expressões que lhe desagradavam, e teimavam em dar voltas e ensaiar repetições na sua memória. A mente parecia uma caixa de ressonância. Estupidez esse convite para se apresentar como prato cheio aos comunistas! Gritara o representante do consulado. Merda! Gritou como resposta, sem que pudesse dissuadir os diplomatas em fazer aquele encontro chegar rapidamente ao fim. Enquanto ia no carro da embaixada para o instituto, Faulkner recompunha a entrada dos homens no seu quarto do hotel, sua disposição em acordá-lo em lhe cobrir de toda sorte de palavrões, enfim, lançando mão de todos os recursos que lhe atingissem à beira do desrespeito humano. Nenhum deles estava disposto a acompanhá-lo a essa visita que, provavelmente, seria vista como um gesto de boa vontade para com as pessoas e vida local. Mas que raios tenho a ver com cobras!? Perguntou-se.

Olha aqui, você vai falar para esses intelectuais, romancistas e poetas e mostrar o que é a América! Chega dessa merda de bebedeira, merda de escritor que não aparece em lugar nenhum! Porte-se como homem! Homem, homem... Ouvia mentalmente como eco. Contendo a custo nos lábios e dedos tanta fúria.

Faulkner avistava a entrada do instituto. O grupo pequeno de escritores, não via nenhuma câmera. O carro estacionou na entrada, com os outros automóveis. Destacava-se do grupo o tradutor que vinha saudá-lo correndo. Avisamos à imprensa, mas não sei porque eles ainda não chegaram... Não importa, disse Faulkner. O terno em nylon, a gravata branca davam-lhe um ar contemporâneo, na moda. Apresentado ao grupo, sua atenção se detinha numa jovem. L., também escritora, como lhe disse sorrindo, um ar primaveril contrário às sobrancelhas arqueadas. Naquele grupo reunido talvez fosse natural que surgisse a literatura como conversa, mas a natureza, animais, a vida no campo apareceram naturalmente até que os representantes oficiais do instituto aparecessem e decidissem mostrar as dependências da instituição. Faulkner então percebeu que aquele passeio significava uma tentativa de lhe "agradar". Mostrando-lhe a natureza brasileira, a vida original da terra, como se ele — Faulkner — fosse um último elo no presente da visão romântica talvez herdada de Rousseau.

O guia, ops, diretor da instituição. Desculpe-me, eu não tinha ouvido bem na entrada... Sem problema, Mr. Faulkner, nada grave, bonita! É uma comenda? Não, é condecoração do governo francês, a mais importante; sou um cavaleiro da legion d'honneur. O diretor se curvou um pouco para observar a cruz, esmaltada, com o branco predominante e seus cinco raios duplos. O diretor explicou dos objetivos da instituição que colhia e abrigava cobras vindas de todo país. E formavam um importante centro de fabricação de soro antiofídico.

— E vem cobras inclusive do Mato Grosso?

— Sim, Espírito Santo, interior de São Paulo e Mato Grosso também.

Todos aqueles dados técnicos, dimensões da instituição, coleta de veneno, quantidade de pessoal de apoio, funcionários e verba federal para pesquisa, interessantes no início, já aborreciam terrivelmente. Faulkner procurou se aproximar de L. que se mantinha atenta e discreta. Lacônica, perguntou apenas uma vez a respeito... A respeito do quê, mesmo? Melhor não interromper nem importunar o intérprete que esqueceu de traduzir. Preferia vê-la dizer, solta, com a mão direita ligeiramente agitada no ar, porque até ali não tinha dado a Faulkner muita chance de ouvi-la dizer, expressando-se naquela língua que parecia cantante e belamente exótica.

Havia elegância, havia boa composição de roupa e perfume, e alguma coisa que escapava à classificação e Faulkner não sabia dizer exatamente o quê. Entre as alamedas e aquela luz que brotava dentre as árvores ela parecia especialmente bela.

As seções de cada grupo de animal recolhido, as explicações que ouvia pelo caminho dissuadiam sua atenção à L. que vez por outra, a procurava com os olhos quando longe, e tentava se aproximar quando mais perto. Bom, reservamos a vocês, aqui presentes, uma surpresa e, em especial, para Mr. Faulkner. Para mim? Sim, o senhor aguarde um pouco... Que verei se estamos com as coisas prontas. O diretor se afastou. Faulkner então encontrando um bom pedaço de gramado decidiu sentar, recriando publicamente a feição de homem do campo. Sentou-se, não sem antes pegar com Oscar Pimentel o jornal que serviria de assento.

Ela então o vendo ali, revirando o bolso como se preparasse para fumar, caminhou até ele, querendo extrair algum conselho. Não precisa se levantar, Mr. Faulkner, ouviu num inglês correto. Ele, por educação, achou por bem fumar depois. Ela então contou que tinha alguma coisa publicada, contos, uma participação pequena na imprensa, apesar de ter nela muitos amigos. Como é difícil o começo!

Sim, não desanime. Faulkner reencontrava as mesmas esperanças de sua estada em Paris, em 1925, vagando todo mês de setembro pelo jardim de Luxembourg, as cartas à mãe, a esperança em tornar-se o maior escritor da América. Ouvindo-a, reconhecia a mesma vontade e determinação disfarçada, como se hesitasse. Daria tudo que tinha para que pudesse rever o mundo com aqueles olhos, a barba por fazer, a "pipe" como chamava seu próprio cachimbo, a irresponsabilidade própria da juventude. Se pudesse rever aquele tempo, 26 rue Servandoni, à espera de poder encontrar James Joyce, no bistrô La Coupole, o que foi inútil, onde esteve algumas vezes e por toda sorte de bar do 6ème arrondissement (distrito) da cidade. L. então falou que tinha algumas idéias e torcia para ver o romance publicado em breve. Mas não tinha certeza, se era esse caminho, nem mesmo se deveria ou não escrever. Com suavidade, Faulkner lhe disse: Se tua literatura for tão bela quanto teus olhos, tudo estará bem. L. enrubesceu; sem esconder, contudo, o íntimo prazer em ser admirada. Eram os olhos, Faulkner agora percebia a beleza daquela cor, mas não era apenas isto. O sorriso mavioso, quase um dissímulo daquela expressão feminina, forte, que se escondia nas boas maneiras e discrição no jeito de portar-se. Sentia que aquelas íris capturavam qualquer coisa de si. Eram olhos diretos, conquistadores. Tem que ser muito bom ficcionista para fazer crer a meio mundo que os olhos oblíquos são os mais sedutores e não os olhos diretos, fundos, cavucando o oco de dentro que já chamaram de anima, alma, sopro, nefesh, vida, espírito, existenz, psique — e a relação disso com o lado de fora: o daisen; enfim, o que se quiser ou se crê ver. Olhos que cativam, indiferentes, movediços, sugando os braços, o tronco, os pêlos, o sexo, conduzidos como por grilhões para o oceano turquesa, certeiro, ávido como um cadafalso na retina.

L. hesitava em saber até onde iria aquele jogo que Faulkner parecia querer convidá-la. Pronto, Mr. Faulkner, eu e os funcionários estamos prontos, por favor, acompanhe-nos. Faulkner levantou-se, teimando em recusar a ajuda dela, que com um gesto gentil parecia repor cada um dos dois em ângulos distintos da vida. O envelhecimento, os cabelos brancos, a falta de dentição, a curvatura da coluna surgiam como um espectro daquilo que preferia ignorar, ou melhor, se pudesse, burlaria. Faulkner percebeu que o sol parecia mais forte, decidido, exatamente como ele via a si mesmo; mas — tinha certeza — não era assim que era visto. O diretor caminhou à frente com o tradutor e os outros escritores.

Chegaram a uma parte, onde do alto de um pequeno barranco gramado observavam os homens, funcionários uniformizados que entravam devidamente protegidos e com instrumentos que lembravam varetas, amarradas em cabos de madeira. O senhor vai ver, Mr. Faulkner, é impressionante! De dentro do pequeno compartimento os homens saíram segurando a cobra que tinha mais de oito metros, logo outros acorreram para segurar. Dez ao todo. Faulkner admirava, sem saber o que pudesse dizer. Na sua língua é anaconda, mas no Brasil ela é chamada de sucuri, como? Su-cu-ri, silabou o intérprete. Por intermédio dele, soube do diretor que ela era capaz de engolir cães, bezerros e até jacaré. Alligators, né? Estou estudando inglês... O réptil se movia provocando alguns passos naqueles homens que curvados, segurando sorridentes, sugeria uma cena um tanto quanto artificial, algo de composto, mas de impacto. Vem seu Faulkner, vem. What? O que eles estão dizendo? Podia adivinhar no gesto de um deles. Eles estão dizendo... Disse-lhe o intérprete, para o senhor se aproximar e segurar a cobra também. Mr. Faulkner, não há o menor perigo, aqui é a melhor equipe treinada do Brasil e a cobra não é assim venenosa, ela mata os animais por sufocação. Fique tranqüilo, será uma boa recordação da visita ao nosso país. Jurava o diretor, depois de dar dois tapinhas nas costas do escritor. Não poderia recusar, encontrando a expressão de L. mais ao longe, sabia que se declinasse seria um sinal indubitável de covardia. Vem, seu Fókner, gritou um dos funcionários dos mais antigos. O escritor temia que houvesse apenas o propósito de ridicularizá-lo, em meio daquele "encontro" com a serpente. E de repente ele se deu conta que havia uma ligeira rivalidade. Uma vingança de quem pretendia mostrar uma natureza mais exuberante do que a que ele conhecia ou pudesse imaginar. Então, e foi exatamente aí, que ele se deu conta, percebeu naquele momento que não era mais o escritor que recebeu o prêmio Nobel, o homem que havia se internado em Paris antes da vinda ao Brasil; ele era o Empire States, Nova York, Mississipi, a Casa Branca, Eisenhower e o vice-presidente Nixon, tudo misturado, mexido, compactado; o Monte Rushmore e os pais da nação, in God we trust, e por que não, o Mickey Mouse.

Em Roma como os romanos, tornou-se seu lema. Decidiu interpretar, ser também o homem surpreso, maravilhado tanto quanto aqueles brasileiros esperavam dele. Malditos, resmungou consigo, um jogo, meio de farsa, ou opereta, entendia: eles interpretavam como aquela mulher com um monte de fruta na cabeça, seguida dos homens malemolentes, ornados de camisetas brancas raiadas de riscos pequenos vermelhos, lembrava de ter visto, dançando aquela espécie de rumba... Meu Deus esqueci o nome, não é rumba... Samba! Lembrei. Ele também iria interpretar como esses funcionários, como esse encontro literário, como (que loucura)... Desceu do barranco com cuidado, mudo, caminhou até o grupo de homens, no qual era o menor. Pondo-se entre os dois últimos curvados, curvou-se também envolvendo com as mãos e braços a pele fria e lisa da cobra.

— The photo! Pôde ouvir do diretor.

Não tudo, menos isso... Pensou consigo. Apesar da salva de palmas. A foto surgia como testemunha incômoda de uma estadia a um lugar que, se soubesse, nunca teria vindo.

Depois da foto, caminhou ainda um pouco pelas dependências do Butantan, avisou à L. que falaria em público. Que bom, disse ela. Sim, mas gostaria que você estivesse lá. Estarei. Soube que o senhor é o vice-presidente do congresso. Bobagem, título decorativo. Ainda teve tempo de ver o aceno dela que partia em outro carro.

Em 1997, António Lobo Antunes, Pierre Bergounioux, Richard Ford, Carlos Fuentes, Édouard Glissant, Barry Hannah, Pierre Michon, J.M.G. Le Clézio, Juan José Saer, dentre outros, pagaram uma placa em homenagem a Faulkner em comemoração a seu centenário. Afixada em Paris, nela se lê, aqui viveu/ no outono (de) 1925/ William Faulkner/ prêmio Nobel de literatura (de) 1949, ou:

ICI A VECU

A L'AUTOMNE 1925

WILLIAM FAULKNER

1897-1962

ÉCRIVAIN AMERICAIN

PRIX NOBEL DE LITTERATURE 1949

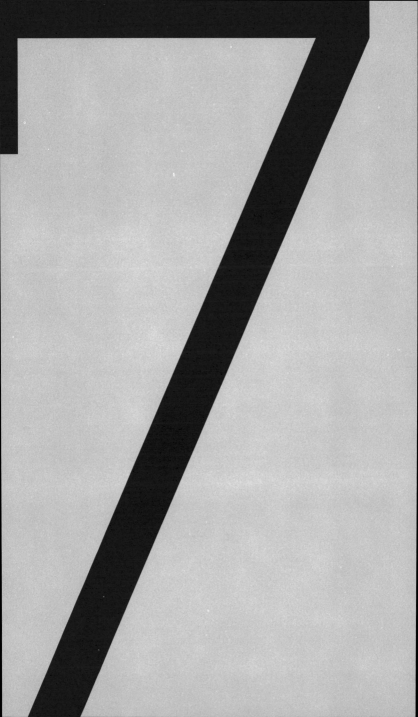

A livraria localizada no 12, rue l'Odéon era a melhor oportunidade para aguardar ver James Joyce, rumores de intelectuais e histórias de amigos de faculdade apontavam para aquela livraria que servia de refúgio a todos os anglófilos perdidos pela velha cidade-luz. Era quase certo que o veria chegar à Shakespeare & Company. Estava cansado e, estranhamente, satisfeito em perambular pela cidade com aquele conhecimento da língua local suficiente para que lhe reconheçam como estrangeiro, alcunha significativa de que tolerarão os erros, o sotaque e imprecisões externas ao manejo da língua.

Faulkner andando pela cidade esteve no Museu Rodin, Louvre, onde admirou a Mona Lisa, Vitória de Samotrácia, Vênus de Milo, Degas, Manet, Cézanne, Van Gogh, etc. Tendo tempo ainda de ver exposições em galerias de Matisse, Picasso e André Lhote, pintor que ensinaria a técnica da composição cubista a Claude Simon. Faulkner, ou melhor, ainda Falkner conheceu o Moulin Rouge, porque ninguém é de ferro. Certamente se distanciava do camponês rude que mesmo na década de cinqüenta insistiam em ver nele. Era 1925, Faulkner passou pelo menos três vezes pelo La Coupole, sem conseguir encontrar o autor irlandês. A dica da livraria era quente. Apostava que veria Joyce e suas lentes arredondadas, puxaria conversa, talvez sobre os gregos, talvez a ruptura nas artes, o que aparecesse na hora ou Joyce quisesse falar. Boa tarde, senhor. Sentiu-se estúpido em fabricar aquele tipo de diálogo imaginário. Entre os livros observava os clientes, via se um deles poderia ser Joyce. Não aquele calvo que estende o braço na seção de arte, nem aquela mulher que deixa ver as argolas de ouro no braço.

Posso ajudá-lo? Disse-lhe o vendedor. Não, realmente só estou vendo os títulos que vocês dispõem, se há alguma coisa que eu poderia encontrar sem ser nos Estados

Unidos, sabe alguma coisa diferente. Ah sim, fique à vontade, senhor. Qualquer coisa pode me chamar. Obrigado. Passou a mão sobre uma bancada, como se pudesse absorver alguma coisa própria do mundo dos livros. Esperou um pouco, folheou um exemplar ou outro, abriu um livro, For a long time I used to go to bed early, humm... Um bom início, acabou se decidindo por comprar *Swann's way*, único exemplar de *Em busca do tempo perdido* que conservaria consigo em sua biblioteca. Esperou um pouco, ligeiramente desapontado, pagou pelo volume e saiu.

Numa outra tentativa de ver Joyce, do Café de Flore observava quem se aproximava, do outro lado da rua, do Café Les Deux Magots que costumava reunir muitos intelectuais. Entrou, mas acabou preferindo ficar do lado de fora. One café, s'il vous plaît; como se não acreditasse na perfeita capacidade de ser compreendido, indicou com a mão também. Espreguiçou-se na cadeira, admirando uma jovem que passava, incrédulo de que fosse encontrar e ver realmente Joyce. Thank you, disse ao garçom quando chegou o café. Foi então que viu, em um andar quase desengonçado, trazendo consigo uma pasta nas mãos, em couro, pendurado no braço esquerdo a bengala fina em madeira, a capa cinza, podia ver parte do rosto que parecia grave, traço de um grande escritor. Fez sinal para o garçom para que trouxesse a conta e saiu atrapalhado, metendo o troco no bolso.

Quando entrou no Les Deux Magots, mal podia acreditar, sentou-se distante, mas próximo o suficiente para que pudesse manter a vista naquele homem. Podia ouvi-lo, enquanto retirava o chapéu e punha a seu lado. Scotch, ouviu nitidamente. Joyce apesar do grave problema de visão, encontrou a curiosidade daquele jovem que o observava a uma distância de três ou quatro mesas, sentia-se observado; por educação, Faulkner virou o rosto ligeiramente para rua. Estranha convenção universal de pessoas que se entreolham curiosas. Bonjour, disse-lhe o garçom, não valeria a pena pedir outro café, boutay of l'eau, e lá foi outra vez o gesto de quem imaginariamente segura um copo e sorve a água. O garçom balançou a cabeça que compreendia. E saiu. Faulkner entendeu que sua admiração ultrapassava a qualquer pergunta, a qualquer questão que poderia dizer a Joyce. Manteve-se calado supondo que não fosse real, que não poderia se tratar do autor de *Ulisses*, não, não poderia ser. E ali estava ele, diante do grande escritor que explicava ao outro garçom com gestos alguma recomendação sobre o prato que deveria trazer.

Enquanto saboreava um sanduíche, Faulkner — como bom fã — admirava alguma coisa de prosaico e belo que tinha aquela cena comum. Um homem mastigando um sanduíche. Mas ela lembrava ao jovem Faulkner o lado humano daquele escritor. Ambos eram feitos da mesma matéria perecível, ambos podiam construir mundos, que se não fossem eternos, pareceriam ser. Joyce redesenhou Dublin com palavras, ele também iria recompor um mundo.

Ter visto Joyce valeu mais do que qualquer coisa que outro escritor pudesse lhe ensinar. Chamou o garçom, que parecia um pouco insatisfeito com o "apenas água" de Faulkner que pagava a conta. Faulkner se levantou dando uma última vista naquele homem sem coragem de importuná-lo, carregava o chapéu nas mãos. Quando chegou à rua, sentia-se satisfeito.

Para muitos a história de ter visto Joyce foi pura lenda. Outra invenção da mitomania do escritor norte-americano, não importa. Se Faulkner viu, distorcendo o que via, pondo outro personagem diante dos olhos, diante de si, recompondo-o na paisagem, imaginando (não importa), tecendo palavras ou mentindo deslavadamente, se quis ver, esculpindo — não importa, afinal, imaginar:

Palpável verbo, estranho sinônimo talvez, outro nome para ver.

Na quarta-feira, 11 de agosto, sabe-se que, com certeza, Faulkner falou a jornalistas e jovens escritores no saguão do Hotel Esplanada à tarde. Ele pareceu de início retraído, um pouco intimidado com a audiência numerosa, entrou com passos cautelosos, cumprimentando um a um a todos os presentes. Havia um quê de embaraço. Trazia pendurado no peito a cruz de honra do grau de chevalier da legião de honra, sobre o paletó, mas especificamente na lapela. Retirou o lenço do bolso, enxugou o rosto. Boa tarde, disse em português passando ao inglês, traduzido pelo escritor Saldanha Coelho. Primeiro, eu gostaria de explicar a minha ausência dos debates do Congresso Internacional dos Escritores. Eu, eu... Há cerca de trinta anos fui atingido num desastre de avião que duramente me golpeou a espinha, porém este mal me acomete periodicamente desde que há oito anos fui vítima de um acidente de cavalo. O que me faz sofrer acessos de dores terríveis nas articulações. Nessas ocasiões sou obrigado a deitar-me, sendo forçado a fazer uso do mais absoluto repouso. Foi por isso principalmente que desde domingo, quando cheguei, tive que me manter distante e afastado das reuniões dos trabalhos do congresso, descansando apenas no meu quarto, neste hotel agradável.

Mais de um jornalista notou-lhe a fala pausada e lenta, que saía daquele rosto grave e moreno, de homem franzino, de olhos miúdos, submetido aos rigores do sol.

Insistindo que tinha horror a discursos e — de um modo geral — a falar em público, preferiria responder a algumas perguntas, sem que tivesse o ar de palestra, algo descontraído; vocês perguntam e eu respondo, ok? Mal estava terminada a tradução e as perguntas começaram a voar ligeiras, enquanto o escritor norte-americano acendia um cigarro e, categórico, reafirmava que papel de escritor é escrever e não falar.

—Boa tarde, Mr. Faulkner. Quais são as suas impressões de uma eventual diferença entre os americanos do norte e do sul?

—É bem provável que... Tais fenômenos se dêem, mas eles são sempre relativos... Olha, eu acredito sim que todos os homens se parecem num ponto... Todos sofrem de certa maneira as mesmas dores, as mesmas angústias. E, e... É preciso, portanto encontrar um meio comum de comunicação, um canal... Pois no fundo, apesar das diferenças, de cultura, língua, falamos todos a mesma língua.

—E esse meio comum seria... Perguntou um jornalista.

—A vida em sociedade? Perguntou outro.

—Não, seria a solidariedade entre todos os homens, sejam eles de não importa qual condição social, cor ou crença religiosa.

Por favor, gente, eu pediria aos presentes um esforço, vamos tentar concentrar as perguntas, disse o representante do consulado, Mr. Faulkner está com vários compromissos agendados, e precisamos concentrar as perguntas. Façam, por favor, perguntas sucintas e rápidas. Não adiantou nada. Elas voavam sobre a cabeça de Faulkner vindas de todos os lados. Qual sua impressão da América do Sul? Outro repórter aproveitando a pergunta acrescentou: Sim, a seu ver qual é o problema desta parte do mundo?

Após uma longa pausa, Faulkner disse:

—Eu não estou familiarizado com as questões que mais dizem respeito aos povos sul-americanos. Eu acredito que em última análise não devem ser muitos diferentes dos problemas em geral dos americanos.

—E qual é, a seu ver, o principal problema dos americanos em geral?

Pela primeira vez respondeu Faulkner de imediato, seguro:

—O de raça.

Contrariando a expectativa Faulkner retomou a habitual parcimônia, mantendo-se calado, acendendo estrategicamente um cigarro.

— O senhor poderia nos explicar melhor... Qual é esse problema... Já que estamos tão distantes das questões que tocam o dia-a-dia dos americanos de lá...

Como se calculasse que pisava num terreno arenoso, pouco sedimentado, Faulkner media as palavras. A meu ver... Não pode haver... Um dos mais prementes problemas deste continente é o de raças. Não pode haver, nesse sentido, o menor preconceito, pois não há raças inferiores nem superiores. Após outra longa pausa, enquanto baforava, continuou, não há motivo ou razão para que em um continente tão rico como o nosso haja distinções sociais ou econômicas entre homens. No fundo, somos todos irmãos, o que arrancou aplausos dos repórteres e jovens. Faulkner crescia em confiança, a fala parecia agigantá-lo.

— Continua havendo espaço na América para os "Babbitts", o famoso personagem de Sinclair Lewis, o burguês auto-suficiente que...? Perguntou um rapaz, jornalista. Interrompido por Faulkner que movia a cabeça e fez um sinal com a mão como se quisesse dizer para que parasse, já conhecia a história. Enquanto era traduzida a pergunta, fez o gesto de quem pede água, que lhe foi trazida do bar, logo em seguida. Faulkner sorrindo disse:

— Continua havendo, e... Acredito que nessa parte do hemisfério também. Disse com os olhos chamejantes e maliciosos.

— O senhor não tem curiosidade ou interesse em conhecer os sul-americanos? Seu meio de vi...

— Claro! Eu me interesso pela humanidade inteira!

As respostas pulavam confortáveis, Faulkner parecia bem ambientado, satisfeito agora com o rumo da conversação. A roda em torno daquele homem se comprimia, o que não parecia incomodá-lo. Façam as perguntas que quiserem! Estou à disposição de todos, disse satisfeito, expansivo.

— A seu ver, quem está mais bem preparado para focalizar os problemas do mundo de hoje, os escritores moços ou os idosos?

— Bem, começou ele, os mais idosos têm experiência, mas geralmente não têm entusiasmo, os moços têm entusiasmo, mas não têm experiência. De maneira que...

— E as mulheres brasileiras? Women?

Faulkner sorriu, com dificuldade em conseguir retomar o fio da meada original.

— De modo que, acho, porém, que velhos e novos devem sempre se nortear pelo único princípio: a procura da verdade.

— Seus livros favoritos? Pensa em conhecer outros lugares do Brasil? Voltará?

— Meus livros prediletos? A *Bíblia* e *Dom Quixote*. Releio-os periodicamente e sempre me encantam. Mas não tenho muito tempo para ler, resido numa fazenda em Oxford, comprada com o dinheiro que me deram os livros. Quando não escrevo, estou inteiramente entregue aos afazeres agrícolas.

— Como escreve? Pen or pencil? O repórter imitava o jeito de segurar uma caneta ou lápis.

— Eu escrevo de qualquer maneira, não importa, à máquina de escrever, a lápis, em viagem, no meu escritório, de dia, de noite. Tudo depende da ocasião. Não tenho escrito muito na fazenda, tanto quanto gostaria, ela... Comprei-a barato. Era uma propriedade completamente abandonada, à beira do rio Mississipi, tive que trabalhar duro. Introduzi modernos métodos de produção e plantio, tem uma boa variedade de culturas...

—E o que lhe dá maior satisfação, seus livros ou a fazenda?

—Ah, quanto a isso não há a menor dúvida: Prefiro o mais clamoroso dos meus malogros literários ao mais marcante sucesso na fazenda! (Riu consigo) e, por exemplo, o rosto se anuviou, meu mais novo livro *A Fable*, levou nove anos para ser escrito, escrevi-o, reescrevi-o, em 1952, relendo os originais fiquei muito pouco satisfeito, era uma sombra... Queimei os originais e voltei a reescrever, redigindo tudo palavra por palavra, mas mesmo assim, apesar de alguma crítica favorável, ele não saiu como desejava. No entanto, tenho certeza que o próximo, que está no começo...

—Qual é o título? Perguntou um repórter em inglês.

—Não têm título ainda, respondeu com a mesma voz anasalada do jovem, arrancando risadas dos presentes. O próximo será melhor ainda, e depois o outro será melhor, e o outro, e assim por diante.

—A seu ver, quais são os principais escritores da nova geração norte-americana?

—Bem, acendeu outro cigarro, são muitos os elementos de valor. Para responder eu teria de fazer um exame demorado de obras e autores, pegar cada título, lê-lo, avaliá-lo... Não tenho tempo para isso, mas não posso ocultar minha admiração pela obra do novelista Shelby Foote, que já considero um grande escritor.

—O que o senhor acha de Truman Capote?

(Truman Capote não o de *A sangue frio* que surgiria muito tempo depois, mas o autor de *A harpa das ervas* ou *A árvore da noite e outras histórias*).

—Me dá nos nervos!! Disse agitando os braços e abrindo os olhos.

Todos riram, chamando atenção até dos outros clientes que não compreendiam do que se tratava aquela reunião. Serenadas as risadas, inclusive de Faulkner, alguém lhe perguntou: E o senhor, Mr. Faulkner, conhece a obra de algum escritor brasileiro ou latino-americano?

— Tenho que realmente pedir desculpas por não conhecer, falta-me tempo de leitura... Ah, mas eu conheço dos latino-americanos, conheço e admiro — tenho inclusive todos seus livros — a obra de Ricardo Guiraldes é impressionante, vigorosa, um excelente novelista! Argentino, não? *Don Segundo Sombra* e *Raucho* são belíssimos livros.

— O senhor já sabe que seus livros são bem conhecidos.

— Sim, estou inteirado desse fato, mas na verdade, nunca leio o que publicam sobre mim, aliás, sobre minha obra, até por questão de princípio. Eu acho que um escritor deve ser antes de tudo fiel a si próprio, não importa o que escrevam sobre ele; ele não pode deixar se pressionar por esta ou aquela crítica, o escritor poderia enveredar por um caminho que nada tem a ver com sua verdadeira personalidade.

— Mas como o senhor então faz para trabalhar de acordo com sua personalidade? Que métodos emprega para criar personagens tão complexos?

— São métodos muitos relativos, dependem das circunstâncias. Muitas vezes levo meses e meses para terminar um capítulo, às vezes passo horas sobre um parágrafo. De outras, tudo sai de um jato só.

— Dos seus livros qual foi escrito dessa maneira?

— *As I lay dying* (*Enquanto agonizo*).

Enquanto fumava outra vez, aproveitando a pausa, jovens se aproximam estendendo suas cadernetas para autógrafos.

Faulkner então deixou ver aquela assinatura onde parecia que começava por fazer hastes retas que sustentariam a composição de seu nome e sobrenome, de cima para baixo, quando unidas como por pequenos traços geométricos, a letra piorava da esquerda para direita, como se revelasse certa impaciência em formar seu próprio nome:

William Faulkner

Bom, senhores, é com tristeza e coração partido que preciso avisar que o Mr. Faulkner precisa se retirar e descansar, avisou o representante do consulado.

—Uma última pergunta. O que o senhor acha de São Paulo?

—Olha, mal tive tempo de ver a cidade, hoje saí para almoçar comi camarão à baiana e gostei muito, provei um vinho do Rio Grande do Sul, realmente excepcional. Amanhã quero experimentar a tão famosa feijoada de vocês.

—Mas a respeito dos paulistas?

—Sinto muito, mas não tive oportunidade de conhecer essas terras, esta grande terra, confesso... Confesso que estou morrendo de curiosidade em conhecer as fazendas de café, o povo... Mas uma coisa tenho a dizer: tenho a impressão, do que me foi dado ver, de que vocês, os paulistanos, são mais paulistas que brasileiros...

Alguns correspondentes riram e Faulkner ficou sem entender porque aquela frase não causou as palmas que esperava.

O repórter do *Estado de S. Paulo* se aproximando, disse, enquanto o escritor se erguia da poltrona, em meio aos flashes. Por favor, Mr. Faulkner uma última declaração... O senhor tem alguma mensagem, o senhor tem uma mensagem para os escritores brasileiros? A frase nasceu e morreu assim, dúbia, entre a afirmativa, a interrogação e um pedido.

Faulkner ajeitando o paletó, passando a mão sobre a roseta da legião de honra, parecia meditar no que iria dizer.

—Tenho sim, diga pelo jornal que tenho sim... Uma mensagem para seus jovens escritores, que tanto desejo conhecer... Eles não devem se preocupar em saber se o que estão escrevendo são obras geniais ou medíocres. O importante é que continuem escrevendo, o tempo se encarregará do resto.

MANCHETES DE JORNAIS

O "Tenente" Gregório Fortunato, Chefe da guarda pessoal do Presidente da República, prestou hoje depoimento no inquérito policial, falou durante seis horas, das 15 às 21h, procurando de início conter a emoção, mas foi traído, demonstrando nervosismo que o levou a chorar diante do promotor Cordeiro Gomes.

— Não há problema nenhum.

— Ótimo. Retrucou Benoit, o adido cultural tratava da possibilidade de um jornalista e um fotógrafo acompanhá-los em visita a lugares que certamente você gostará de ver na cidade de São Paulo, Oscar Pimentel irá conosco, acrescentou o adido em seguida.

Faulkner então acompanhou com interesse o trajeto até o hipódromo. Onde assistiu a duas corridas sem, no entanto, apostar nenhum dinheiro, pediu para ver os cavalos, no que foi atendido, passou a mão sobre dois deles que lhe pareceram bem tratados, abaixando-se pegou um punhado de feno e examinou-o à contraluz. Cumprimentou um jóquei que descia da montaria e não tinha a menor idéia de quem se tratasse aquele homem, observando a cocheira. Pensou apenas que apesar de escritor, como lhe disse o homem a seu lado, ele poderia ter sido um bom jóquei, pela estatura.

Faulkner perguntou então do preço da terra, a equivalência entre alqueire mineiro, o paulista e o acre norte-americano. Perguntou como funcionava o sistema de apostas, depois se a sociedade hípica formava uma sociedade anônima ou não. O Jóquei estava quase vazio, subiriam para as arquibancadas sociais, o que fizeram a passos lentos. Para o escritor não era difícil imaginar as mulheres metidas em roupas negras, exibindo elegância, ornadas com colares de muitas pérolas, satisfeitas, com peles de animais carregadas nas costas ou pescoço, pouco condizentes com o clima tropical, o couro que reforçaria o ar campestre, e os vestidos em cor cinza ou conhaque, à moda, metidas em vestidos escuros combinando com bolsas, portando lenços enormes de musselina estampados, anéis de topázio, os chapéus exóticos...

— Nunca vi lugar tão encantador para perder dinheiro.

Do terraço das arquibancadas avistou as colinas do

Morumbi, e disse estar impressionado. A hora do almoço se aproximava e Faulkner disse que gostaria de comer algo típico. Algo que pudesse dizer enfim provei e gostei, caso a imprensa perguntasse.

— São Paulo se cosmopolitizara e, por isso, era difícil encontrar algo típico, como lhe explicou Pimentel. Decidiram-se pelo camarão à baiana.

— O senhor vai apreciar. Disse-lhe o garçom traduzido em seguida pelo crítico.

Faulkner então pediu que trouxessem um bom vinho branco.

— É nacional, mas é bom. Continuou o homem de meia-idade no terno branco.

Depois que o garçom trouxe o pedido, o escritor provou; o vinho não ofendeu seu paladar, pois estava mais preocupado em aproveitar o camarão. O garçom então deixou um vidro de pimenta na mesa, ao que Faulkner desavisado meteu a colher, retirando-a toda cheia. Quando ia derramar no prato, Pimentel deteve a mão do escritor, que não chegou sequer a aproximar ou virar um pouco a colher, sem deixar cair pimenta no prato. Faulkner seguindo o conselho provou apenas um pouco, sentindo a ardência, pedindo água em seguida, acabou por dar razão ao crítico literário.

Depois da visita ao Jóquei Clube, seguiram para o Masp, onde o escritor norte-americano era aguardado pelo historiador da arte Leonardo Arroyo e pelo diretor do museu Flávio Motta, de quem acabou recebendo um catálogo com as pinturas de Portinari. Na foto, vê-se Faulkner, à esquerda, sorrindo em companhia de Oscar Pimentel e o romancista e médico Cecílio Carneiro. Aos presentes disse ter visto em Nova York os trabalhos de Portinari, e desde então quis saber mais sobre o artista.

Ninguém se dispôs a perguntar sobre os livros e a carreira de Faulkner, assuntos, até ali, proibidos. Faulkner passeou, admirou o acervo, mas dores pareciam lhe apunhalar. A postura excessivamente ereta revelava o incômodo. Pediu para deitar, era a melhor maneira de fazer aquelas dores ocasionais se dissiparem. Pediu que alguém empurrasse seus ombros contra o assoalho para sussurrar numa voz cansada:

— Um pouco de uísque...

Um momento, senhor Faulkner, já vamos providenciar. Assegurou o diretor do museu se retirando, e reaparecendo, logo em seguida, com o copo cheio e algumas pedras de gelo.

Com a ajuda de Cecílio Carneiro, o homem se ergueu ligeiramente, sorvendo pequenos goles da bebida. Depois de explicar que as dores eram fruto de um ferimento mal curado da Primeira Guerra, e que uma queda de cavalo, há cerca de uns oitos anos, tinha piorado tudo. Ele se mexeu recobrando um jeito mais solto, menos rijo, até que desabotoando a camisa, pôs-se de pé.

Parecia satisfeito que aquele método pouco ortodoxo de medicina causasse tão bom resultado. Faulkner sorria, solto, encarava a lente da câmera, o que em nenhuma das outras fotos tiradas no país tinha feito. Tomando cuidado apenas de fechar de novo a camisa. Faulkner concordou ainda de ir ver a Catedral da Sé e depois falar aos jovens escritores que dentre em pouco lhe aguardariam no saguão do hotel.

Segundo o jornal *Folha da Manhã*, de quinta-feira 12 de agosto, Faulkner só tinha aparecido na casa de José Geraldo Vieira na terça à noite e no Museu de Arte Moderna.

Faulkner chegou ao saguão do Esplanada, cumprimentou o intérprete, Saldanha Coelho, que aproveitou para ter seu volume de *Enquanto agonizo* autografado. O escritor norte-americano se dirigiu logo em direção à cadeira, disposta especialmente para ele, sem esconder que não gostava de encontros literários, de ter de falar de literatura, formalmente, nem de ser obrigado a uma convivência forçada em grupos como se formam nessas reuniões literárias. Odeio, escrevam isso, odeio a idéia de ser sabatinado e ter que responder a centenas de questões higienizadas, sobre estilo, técnica, etc. O olhar grave, quase de reprovação, do adido cultural norte-americano concentrava a atenção do escritor.

Depois dessa introdução severa, Faulkner se revelou o oposto do que prometia, começou a conversar desembaraçadamente, sem parecer arredio como se pensava dele. Apesar do constrangimento inicial, e que era perceptível no olhar miúdo e respostas lacônicas, disse que estava satisfeito em conversar com jovens escritores e que — para surpresa de todos — responderia de muito bom grado a todas as perguntas que pusessem. Mesmo sobre a literatura.

— Eu acho que os novos têm sempre forças para realizar o trabalho que sua época exige deles, e os velhos, ainda que queiram fazer alguma coisa, não podem, ou nem sempre sabem fazer.

— Qual a relação entre os escritores mais velhos e os mais novos?

— Os artistas, acendeu então o cigarro, e ao rapaz do hotel que trouxera um cinzeiro disse "obrigado" em alto e bom som, retomando a frase depois. Os artistas estão ligados por uma espécie de corrente no tempo e no espaço, uma geração mal está envelhecendo e já surge outra que continua a obra da anterior, no que ela aperfeiçoa e realiza aquilo que a geração precedente não pôde fazer ou fez mal feito, às vezes... Acontece. Uma breve risada rapidamente contida cortou o saguão. Faulkner continuou: Uma geração pode ver os problemas que outra não percebe, o tempo se apresenta de modo diferente.

— E que problemas são esses hoje?

— Ora, os problemas do homem de cor. Eles precisam ser sanados. Nos últimos cinqüenta anos, eles, os homens de cor, progrediram mais nos Estados Unidos do que a raça branca. Se lhes fosse permitido resolver seus problemas já teriam feito por si só, sozinhos. Esses problemas, e vocês podem ver em minha obra, são uma das minhas maiores preocupações.

— O que o senhor tem a dizer em especial sobre esta questão racial tão delicada?

— Que a discriminação racial não deve existir, os problemas do homem de cor precisam ser resolvidos, porque não se compreende que ainda existam diferenças entre brancos e pretos, em nossa época tão adiantada.

O tom incisivo impressionou aos repórteres.

— No plano literário, qual a fórmula que um escritor novo deve seguir para alcançar êxito?

— Trabalhar, trabalhar muito e não pensar em glória e na sua importância, concentrar-se escrevendo.

— E para quem trabalha muito, e não pensa na glória, mas ainda não foi reconhecido, o que o senhor diria?

— Trabalhar muito e não desprezar a verdade. Um escritor não deve desprezá-la, ele deve dizer a verdade tão bem quanto possível!

— E que verdade é essa? Perguntou outro jornalista.

Faulkner então levando os dedos, médio e anular, em direção ao próprio tórax, em dois breves toques no peito, acrescentou:

— O coração.

Faulkner roubou aplausos de quem o via. Ele se empolgou e passou a conversar com uma segurança cativante.

— O senhor, boa tarde, Mr. Faulkner, eu sou do jornal *Folha da Manhã*, o senhor escreve diariamente ou costuma produzir quando sente vontade de fazê-lo?

— Escrevo quando tenho vontade. Não faço diariamente, mas costumo trazer lápis e papel comigo. Dito isto, retirou do próprio bolso o pequeno bloco e lápis, guardando-os de volta em seguida. Escrevo às vezes de dia, outras vezes à noite, quando começo, vou até altas horas da madrugada. Tenho escritos livros inteiros assim, em duas ou três semanas. Outras vezes, como este meu livro que sai agora, o último, que se chama *A Fable*, eles saem demoradamente, esse livro foi escrito em nove anos de trabalho.

— E está contente com ele? Perguntou um dos jovens escritores presentes.

— Não, realmente não. Aliás, confesso honestamente que não me agrada. Tendo inclusive rasgado toda a primeira versão, acho que fracassei. Como fazendeiro, sou um vitorioso, mas como escritor não consegui ainda o que queria na minha própria obra. O que não me impede de ter muito prazer em conceber essa literatura "irrealizada". Agora vejo que não pude fazer o que queria, mas meu próximo livro será muito bom!

— E... Qual será o próximo? Ergueu-se uma voz mais atrás, não sabia a quem pertencia, não podia ver o rosto.

— Deixem-me escrever primeiro! (no quê arrancou a risada geral) primeiro escrevo e depois vocês lerão como ficou.

— O senhor pensa em escrever muitos livros ainda? Perguntou um jovem preocupado em escrever tudo num caderno que destoava do habitual bloco de notas.

— Olha, penso que não viverei o suficiente para escrever todos os livros que tenho planejado. Tenho muita coisa a dizer, não vou ter este tempo, espero escrever pelo menos mais três ou quatro.

— Já sentiu algumas vezes que tenha fracassado?

— Muitas vezes! E é isso que me entusiasma em prosseguir. Os fracassos dão força para continuar tentando, reagindo, trabalhando.

— E... O que lhe trouxe mais dinheiro... — o jornalista ia distendendo a pergunta enquanto era vertida para o inglês — a literatura ou a fazenda?

— Não posso responder, porque só penso em dinheiro quando estou precisando dele.

Outra risada.

— É claro, contudo, que um deles compensou... Melhor no terreno econômico... O esforço despendido... Insistiu o repórter.

— Mais do que qualquer coisa foi o cinema! Disparou Faulkner.

— O senhor tem alguma regra de criação ou de trabalho? Perguntou-lhe outro jornalista.

— A única coisa que sigo mais ou menos como regra é nunca escrever até ficar exausto, completamente esgotado. Sempre paro quando percebo que este estágio se aproxima ou quando percebo que ainda tenho coisa para dizer.

— Uma espécie de reserva de energia? Perguntou um jovem diretamente em inglês, traduzindo para todos em seguida.

— Sim, se preferir chamar assim...

— Se não fosse escritor o que gostaria de ser? Perguntou outro repórter.

— Sinto-me muito bem como escritor, nunca pensei em ser outra coisa, mas creio que gostaria, sim; gostaria de ser um grande poeta. Acho que no fundo sou um poeta frustrado.

— Com que espécie de tempo gosta de escrever, chuvoso, ensolarado, inverno, enfim...

— Com calor, com bastante calor. Quando meu sangue começa a ferver, as idéias também fervem e então começo a transferir, a passar tudo para o papel. A verdade é que vivemos numa época ingrata para a escrita, o escritor está sujeito a muitas pressões, por culpa da excessiva mercantilização da vida. Vivemos na era das máquinas, e se espera que tudo viva e haja de acordo com as máquinas. Já não se considera o ser humano — acendeu um outro cigarro — como deveria ser.

— E qual a posição que o senhor tem em relação à crítica?

— Deixe-me dizer, não tomo conhecimento de grande parte da crítica, porque ainda não sou velho suficiente, não parei de escrever. Quando estiver bem velho, de barbas nos joelhos aí verei o que escreveram sobre mim.

— Mas o senhor conhece o crítico Oscar Pimentel?

Faulkner pousando a vista no homem e se dirigindo em seguida ao público, disse: — Não ignoro o crítico brasileiro, mas não leio todas as críticas à minha obra até porque elas não me chegam às mãos, mas de qualquer forma, agradeço o empenho e dedicação devotados.

— E livros, que livros o senhor admira?

— Em geral os mais velhos lêem pouco, eles relêem muito. No passado, sim, li bastante; mas agora minhas leituras são poucas, gosto de ler *Dom Quixote* e a *Bíblia*.

— Que pensa dos escritores de seu país?

— De um modo geral, não leio os escritores norte-americanos. Aliás, leio pouco. Prefiro reler meus autores favoritos: Flaubert, Balzac, *Dom Quixote* de Cervantes e a *Bíblia*.

— Nos Estados Unidos há o problema de edição, escritores que têm dificuldade em ter um bom editor?

— Não, realmente não, há bons editores, e um bom editor se encarrega de assegurar a seu escritor todos os direitos profissionais.

— Mas o mesmo acontece com escritores novos?

— Não... Aí há o problema para os novos... O problema de fato existe...

— Nem ninguém dos novos escritores de seu país lhe chama atenção?

— Tenho grande entusiasmo por Shelby Foote, um novelista do Mississipi.

— E Truman Capote, que é considerado um dos grandes destaques da moderna novelística americana, ele...

— As poucas vezes em que tentei ler Truman Capote, — cortou Faulkner — não consegui. Sua literatura me faz ficar nervoso!

Todos riram.

Mas e a escrita, retomou alguém, o senhor prefere o rigor do inverno ou a primavera amena?

— Nada disso! Como já disse, sinto a maior facilidade de me expressar quando faz muito calor, mais precisamente no verão, quando o sangue ferve nas veias, ou nas noites de insônia, quando trabalho madrugada adentro. Não tenho propriamente um método de escrita. Procuro ter sempre lápis e papel, em determinados momentos... Sou capaz de... Já me aconteceu de dar prosseguimento a algum trabalho, em andamento, montado a cavalo ou encostado a uma cerca.

— E o que mais lhe impressionara em São Paulo?

— Gostei muito de camarão à baiana, do vinho nacional que experimentei em duas ocasiões, e aguardo, quem sabe amanhã ou depois, provar uma feijoada. Infelizmente quando cheguei a São Paulo, fui acometido por velhas dores provocadas por um ferimento de guerra, em 1914 e em especial a viagem até aqui foi bem cansativa. Só agora posso sair, visitar a cidade, ir a uma fazenda de café, tomar uma "batidinha" de limão, ver coisas, pessoas...

Assim que terminou, Faulkner se levantou, apertou as mãos de cada um dos presentes, quando lhe notaram as mãos grossas como de camponês; agradeceu, despediu-se dos repórteres, caminhou ao bar, onde pediu, entre solicitações de foto e perguntas dos jovens, uma cerveja.

Segundo o extinto *Correio da Manhã*, do Rio de Janeiro, a situação de Faulkner era preocupante ao ponto de ter recebido duas visitas médicas no dia anterior e faltado a vários compromissos agendados, quarta-feira pela manhã. Depois dos cuidados médicos, talvez tenha sido mais fácil recobrar a saúde que parecia exibir na quinta-feira mesmo, quando, de surpresa, apareceu no recinto dos trabalhos do Congresso Internacional de Escritores, cedo, e não ficou mais que alguns minutos.

Nesse mesmo dia, à noite, por volta das 8h30, Faulkner se comprometera a fazer um discurso ou palestra, muitos duvidavam. O auditório da União Cultural Brasil-Estados Unidos foi minúsculo para acolher a todos que acorreram para ver o escritor falar, o salão Joaquim Nabuco estava apinhado de pessoas, curiosas em ver aquele homem — que para maior parte delas — tinha passado o tempo do congresso apenas indisposto.

Todos que ali estavam reconheceram-no quando entrou no salão, o que por nenhum motivo especial causou palmas, e o que levou a caminhar acenando ligeiramente para a platéia. Depois do hino nacional dos dois países, o auditório sentou-se cordato, disposto a ouvir o que tinha a dizer.

Antes, um crítico literário tratou dos principais dados biográficos que se conhecia à época, revelou influências, o papel que tivera na imprensa desde cedo, desde os tempos da faculdade — nunca pensou que aquelas sátiras juvenis de alunos e professores fossem tão longe. Alinhavou as obras, sobretudo os romances, e contou do elogio a seu talento que lhe fora feito quando da premiação do Nobel, pedindo licença para seguir de perto, ao menos em um trecho, o texto em que o escritor Gustaf Hellström procurou definir e justificar a premiação do artista.

Tal ato deveria ser compreendido pela poderosa e artística contribuição na novela moderna, e principalmente, por ser Faulkner, cito literalmente, disse o crítico: "O grande escritor épico dos estados do Sul. Com toda a herança de uma terra construída sobre o trabalho negro, uma guerra civil e uma derrota que desestruturou as bases de uma sociedade e que atingiu até mesmo a sua manutenção. Um longo ínterim se seguiu, acompanhado pelo doloroso ressentimento e que a industrialização e mecanização parecem ter atingido duramente, destino a que o escritor sente íntima e profundamente, e, como filho da terra, permanece ligado, sem cortar suas raízes. Não raro chamado de reacionário, Faulkner na verdade foi (e é) um humanista, enquanto escritor ele deplora e exagera um modo de vida que visto por este prisma, e para qual, considerando a justiça e humanidade, não poderia ter estômago. Desse regionalismo brota o universal". As palmas cobriram o auditório. Seguiu-se outro crítico, só que deste, Faulkner nunca tinha visto nem ouvido falar, felizmente foi breve. O escritor agradeceu o belo trabalho de pesquisa e exatidão nas informações. Tomando a vez no microfone disse: Boa noite, senhores e senhoras. Ao que foi traduzido e foi retribuído na saudação.

Agradecia a calorosa recepção que lhe tinham dispensado, instituições e pessoas. Como não sou orador, peço licença para ler um trabalho que iniciado jovem, traz todas as marcas deste tempo, entretanto, também traz as linhas mestras de todo meu trabalho que foi coroado pelo reconhecimento da Academia sueca, dos críticos, da imprensa internacional e principalmente dos leitores. Leio como minha verdadeira profissão de fé, o fim do meu livro *Paga de soldado*. Começando pelo trecho "eles celebram seus ofícios. Os negros", passando por uma sucessão semi-romântica de luar, igreja pequena, barítonos até o passo em que Deus torna-se pai de brancos e negros, saltando um longo trecho, retomou em "não havia nenhum órgão" em diante, acompanhando a transformação da igreja até o ponto, que o trecho terminava — significativamente — com a palavra, "danação". A tradução simultânea encurtou o tempo que deveria gastar com a leitura do trecho que, se lido de uma só vez, sem a pausa, deveria ter sido mais detalhado, extenso, mas como calculava bem, a brevidade anda a par com qualquer prudência retórica. Terminou a leitura.

Ovacionado, levantou-se, curvando-se, disse: Na verdade, vocês... é que são muito gentis; o que fez redobrar os aplausos. Serenada a platéia, sentou-se, e revelou que preferia ouvir as perguntas, mesmo que algumas repetissem as da tarde quando estivera conversando com jovens escritores.

— Creio nos altos destinos do gênero humano e como tal este trecho deixa ver minha e a esperança de harmonia a que somos chamados. Entretanto, não venho a este belo auditório na condição de conferencista ou palestrante, não porque tais termos não me caem bem, antes como um amigo visitante...

Seguiram-se aplausos.

— E como tal, obrigado, gostaria de lhes falar não sob as rígidas regras do formalismo, mas propondo respostas ao que me for perguntado. Estou à disposição. As mais variadas perguntas surgiram como flechas.

— Que método de trabalho o senhor tem?

— Não tenho, não tenho precisamente um método de trabalho. Limito-me a... trabalhar.

— Escreve à máquina ou à pena?

— Isso me é indiferente, já me aconteceu escrever num passeio a cavalo, sobre a cela, enquanto esperava condução, durante as viagens, no silêncio do meu escritório... E assim é...

— Boa noite...

—Antes de passar à próxima pergunta, só gostaria de acrescentar que nunca me preocupei com a maneira que deveria escrever, isto é, eu nunca me preocupei como escrever, mas em escrever! Agora sim, senhorita, por favor...

—Boa noite, senhor Faulkner, e a respeito da música quais são seus compositores favoritos?

—Bem, disse num sotaque em que a palavra parecia sair lenta arrastada, sempre gostei muito de Beethoven, de Mozart... Dos modernos aprecio Prokofiev...

—Boa noite, senhor Faulkner, a menção ao compositor russo, me dá ocasião de mencionar a literatura soviética, e mesmo a anterior, a russa. A minha pergunta é: O senhor reconhece a influência de Dostoiévski em sua obra?

—Certamente! Admito com satisfação e é uma honra ver meu nome associado ao dele, aliás, sempre tive um fraco pelos autores russos... Contendo a frase, interrompeu-se e depois continuou de um só impulso: mas não pelos atuais!

—Conhece as obras de Cristopher Fry, especialmente as peças?

—Só li *The lady's not for burning*, e acho... Uma obra harmoniosa e encantadora.

—E Elliot, de *Family reunion*?

Faulkner meneou a cabeça, acrescentando um muxoxo de desdém.

—E a respeito de São Paulo? O que o senhor achou de São Paulo?

—Tenho que lhes contar um segredo... Estou apenas há dois dias em São Paulo... E já me considero paulista!

O auditório veio a baixo em aplausos, assovios e até algumas flores jogadas em direção a Faulkner. Olhou para Benoit sentado logo à sua frente, um pouco à frente de L.

Devia a Benoit a indicação de como deveria se expressar corretamente. À tarde, a frase que deveria ter parecido elogiosa, ficou ambígua, dando motivo à reação inesperada, em vez de aplausos, que você esperou ouvir ou acreditou que causaria, não é culpa sua... Na verdade, a maneira como você disse, e talvez o intérprete não tenha sido tão habilidoso em traduzir da melhor forma, causou risadas dos repórteres; gente que certamente veio do Rio. Eu vou dizer o que você tem que dizer palavra por palavra. É uma rivalidade de longo tempo... Explicou Benoit, passando depois às idas e vindas da história e querelas nativas.

Com a insistência dos aplausos, o escritor levantou-se e curvou feito cavaleiro antigo. Seus olhos reencontram L. sentada e satisfeita.

— E seus livros? Perguntou um jornalista. Qual a importância de *Santuário* e *Luz em agosto* no conjunto de sua obra? Pois estes dois são os livros mais conhecidos no Brasil.

— *Santuário* — pausou medindo o alcance, ajeitando-se na cadeira, ampliando a expectativa, metendo os olhos em L. que com um pouco mais de técnica se poderia dizer quase disfarçadamente — ele foi escrito sob condições adversas... Ofereceram-me um contrato... Era para escrever um livro, e eu escrevi. Compreendem? Era um livro... Eu precisava de dinheiro, então o escrevi. Gosto mais de *Luz em agosto*, mas acho que é também uma obra malograda... Aliás, acho que todos os meus livros são grandes malogros... Mas ainda não perdi a esperança de escrever algo de realmente bom.

Depois de mais algumas perguntas, anódinas, o crítico literário agradeceu a presença de todos e devido ao adiantado da hora, considerava a sessão encerrada. No que foram muito aplaudidos.

Enquanto Faulkner preparava-se para sair do auditório, o repórter do *Estado de S. Paulo* pediu que fizesse alguma declaração aos leitores.

— Transmita aos seus leitores meus agradecimentos pelos inúmeros convites que me tem chegado pela recepção do hotel, convites para visitar fazendas e cidades do interior do estado. Fico — o barulho aumentava e Faulkner tinha dificuldade em coordenar a fala e a série de cadernetas e livros que brotavam na sua frente para que autografasse. — Fico... Muito agradecido, sinto-me sensibilizado e gratíssimo.

— Mas o senhor tem vontade de visitar uma fazenda?

— What? Fale mais alto, por favor.

— O senhor tem vontade de realmente visitar uma fazenda!!?

— Sim, sim, tenho... Mas; aqui querida... O livro, goodbye; mas as obrigações, tenho um grande desejo de ver como vive a sua gente... No entanto, a falta de tempo e certas obrigações têm me criado muito embaraço, nesse sentido. Na próxima vez: Tome o livro, Faulkner viu? Apontou para seu nome escrito de próprio punho. Goodbye, minha jovem.

A menina virando-se para o repórter disse que não falava inglês. Depois de receber o livro, foi-se embora dando vez a uma verdadeira multidão que parecia engolir o escritor.

— Na próxima primavera estarei de volta a São Paulo, minha estadia foi breve porque preciso voltar à América para o casamento de minha filha. Quando eu voltar, virei com mais tempo, percorrer o interior, visitar outras regiões do Brazil, que é um país deveras impressionante!

Enquanto o repórter se despedia viu L. se aproximar com dificuldade diante da multidão, bolo de pessoas que dificultava que respirasse. Faulkner parecia pedir que lesse seus lábios, "me encontre lá embaixo", porém L. sendo estrangeira, não conseguia ler o que parecia dito, sem som.

Todos acorriam até ele, e sendo um homem pequeno temia perdê-la de vista, estendendo o braço um pouco mais alto que a multidão, sua mão encontrou a mão dela tocando a ponta dos dedos, ela meio sem jeito sorriu diante da cena. Me encontre lá embaixo, repetiu naquela mímica surda, pois as pessoas já começavam — involuntariamente ou não — a empurrá-lo. Era melhor descer. Lá embaixo reencontrou o mesmo adido cultural e Campbell, que o aguardavam junto ao motorista, de quem nunca soube o nome. Pediu que esperassem ao custo de ter de improvisar frases de efeito e autógrafos. Passaram-se quase oito minutos, L. não apareceu. Talvez não, ela não apareceu até agora, porque não tivesse entendido o que lhe quis dizer no meio do vozerio daquela gente toda. Santo Deus! Como fazem barulho! Essas confusões podem acontecer, explicava para si; até que pensou que poderia ser, quem sabe?

Pior, ela poderia não ter aparecido, por ter entendido.

Juntando suas roupas, Faulkner parecia cansado de sua errância, de homem que não tinha encontrado um destino, apesar de representar os Estados Unidos, e mais especificamente o Mississipi, por essas bandas do mundo. Dobrando as camisas, pondo-as nas malas, passando de hotel em hotel, considerava que aquilo lhe surgia como um simulacro da vida de um homem; ainda mais ele, preso à terra, preso às palavras, preso a seus personagens. A sensação de certa anomalia lhe acompanhava toda vez que — como na Venezuela — preparava as malas e sabia que não iria direto para casa. Sentia-se um vagabundo itinerante.

Faulkner se preparava para voltar a ser William e, finalmente, Bill. Queria voltar a Rowan Oak, reencontrar o velho jogo de xadrez das relações que conhecia bem. Cada passo e possibilidade, infinita, porém restrita a movimentos pré-estabelecidos, acompanhados daquela paisagem que descobriu vendo, mas aprendeu a capturar com Cézanne. Há autores que são microscópios, há autores que desprezam as paisagens, há aqueles que descrevem a paisagem, outros que precisam de movimentos amplos e outros há que são — e esses são poucos — que são a amplidão. I'm the one, era o que Conrad disse. Ou que ele mesmo dizia servindo-se de Conrad. I'm the one.

Precisava escrever, não importava se o livro *Uma Fábula* tivesse sido mal recebido pela crítica e, como dissera na revista *Newsweek*, pensou seriamente que fosse seu melhor livro. Home. Nunca a palavra pareceu ganhar contornos tão completos. Peso, volume, madeira branca, coluna, jardim, cães, cavalo, livros, home. A filha, família, a guerra, a sombra do grande coronel.

Foi por isso que desceu rápido, cumprimentou funcionários e o barman com quem manteve, vez por outra, um diálogo de gestos, palavras e alternância de yes, no, good, bad. E a comunicação, apesar de tudo, foi perfeita.

Decidido, reencontrou na portaria os diplomatas que encerravam a conta, saiu e antes que entrasse no automóvel, deu antes uma última olhada na frente do hotel. O carro seguiu para o aeroporto, era sábado; logo depois do almoço, Faulkner passaria rapidamente pelo Rio, onde embarcaria da capital da República para Caracas e dali para os Estados Unidos. Sem tempo de ver um pouco de Copacabana como lhe haviam sugerido, até mesmo amigos insistiam que enviasse postais. Em vez de cartões-postais, Faulkner tinha pedido a um funcionário do hotel que remetesse bilhetes às principais redações, Faulkner variava um pouco o conteúdo sem variar demais a substância:

"Fiquei muito sensibilizado pelas expressivas demonstrações de simpatia que recebi pelo [nome do jornal] e da parte dos paulistanos. Muito obrigado a todos! Quero agradecer também a aqueles que têm se dedicado ao estudo dos meus livros e ao conjunto de minha obra. Aqui assinalo toda minha gratidão e amizade.— W.F."

— Então? Nada mal, hein? Não disse que daria tudo certo? Disse Campbell sentado dentro do Cadillac, ao lado de Faulkner que hoje não pretendia conversar nem queria desviar-se, não saberia por qual motivo, da concentração que tinha na paisagem.

Campbell retomando disse: — É, nada mal, a semana passou bem e rápida. Aliás, não há nada de tão mal na vida... Só a morte, que é irrevogável. Havia um quê de pretensamente filosófico, seria uma boa brecha para conversar com um romancista...

Faulkner voltando o rosto, até então ele o tinha virado apenas para fora, acrescentou: O único mal verdadeiro de um homem é a escrita.

Era sábado, 14 de agosto. Os dois seguiram mudos até o aeroporto, as despedidas foram frias, como já se esperava, chegando, nenhum jornalista. Outros tantos americanos e brasileiros que seguiam para o Rio, onde tomando o vôo transcontinental pelo avião da Pan American com destino a Nova York deixaria para trás uma semana que lhe pareceu — friamente falando — inútil. Deveria ser deixada de lado. Dava graças a Deus de voltar para casa, e saber que aqueles dias, mais cedo ou mais tarde, cairiam no esquecimento. Destino natural de tudo que é vivo, como todas as potências, como todos os impérios, como todos os nomes e pessoas; aquele ano de 1954, todos os rostos, todos os quadros e poemas sugados como um dia seria ele ao único reino verdadeiro, o dos mortos.

Como lembrança, trazia nas mãos o catálogo de Portinari, e no bagageiro a coruja em madeira dada por um diplomata brasileiro ávido em conhecê-lo e que, lamentavelmente, Faulkner estava indisposto. As dezenas de livros que recebeu estavam devidamente esquecidas na sacola azul, no quarto do Hotel Esplanada. Meu velho, Bill, foi uma boa tática. Riu-se, silencioso, percebendo que a seu lado ia um bebê nos braços da mãe. Qual o nome? William, mas todos chamamos de Bill, o pai é canadense e eu sou brasileira. Ah, sim.

O *Correio da Manhã* de quinta-feira anunciava que a ida dos congressistas ao Instituto Butantan fora transferida de sexta-feira para domingo pela manhã. Dia em que Faulkner chegaria aos Estados Unidos.

Faulkner ainda moveu os dedos como relembrando com eles movimentos, sons e expressão que ficaram para trás, na sua vida. O que viria pela frente?

— E o senhor? Perguntou-lhe a jovem, interrompendo Faulkner em seus pensamentos.

— Americano, sou americano.

Soerguendo a cabeça notou que deveria haver ao menos uns quarenta passageiros, no mínimo. Recostando à poltrona, apoiou o polegar direito no lábio, deslizou o indicador no bigode. Imaginava as razões que justificavam a viagem de tanta gente para Nova York. É provável que, diante dos outros viajantes, seus motivos fossem excepcionais. Quais motivos, a pergunta se repetia mentalmente, enquanto a noite, o bebê embalado pela mãe e os outros passageiros nada lhe respondiam.

* * *

Muitos anos mais tarde, mais precisamente em 30 de junho de 2004. Entrevistando Renard Perez para um site literário, pois ele conhecera pessoalmente a outro escritor, o catarinense Harry Laus que morara muito tempo no Rio, escritor de meu interesse e grande curiosidade à época.

Pelos caminhos tortuosos que se justificam só pela boa conversa, informal e descontraída, ele me contou um pouco do ambiente literário de quando começou a escrever, de como conhecera Graciliano Ramos e, ao contrário da fama de homem fechado, sisudo, fora capaz de ser gentil em mais de uma ocasião, encorajando a ele e aos outros jovens. O modo como a vida literária se processava por revistas, as dificuldades que encontravam, o que incluía lançamentos de um, dois ou três livros juntos para ver se dava público e a existência de revistas que eu desconhecia totalmente, sumariamente apagadas da história da literatura, como a *Revista Branca*. Nela, aproximou-se de Samuel Rawet, de quem se tornou um grande amigo.

Por este caminho impreciso da fala, da memória e do vinho, lembro de um dia chegando a sua casa, e Renard me dizendo claramente, depois de aturar mais uma centena de perguntas sobre vivos e mortos... Olha, uma coisa que me lembro, e foi marcante à época, é que... Os novos e os mais velhos, como José Condé (E Marques Rebelo? Esqueci de perguntar), todos foram a São Paulo quando veio o Faulkner, Miguel Torga, muita gente. Foi um estrondo!

—O quê?! Faulkner veio... Para um dia?

—Não, ele ficou uma semana!

—Quando foi isso?

—Lá por volta de 1955, 56 ou 54. Era de arrepiar vê-lo falando, ele queria encontrar só com os jovens! E ele dizia tudo aquilo que a gente já sabia, mas dava gosto de ouvir dito por ele!

—Como assim?

—Quando ele disse... Nossa! Quando ele disse que para escrever tinha que usar o coração! Tem que ter sangue, tem que ter veia! Foi tremendo, de arrepiar!

Renard Perez contou detidamente e eu quase podia vê-lo, o escritor do Mississipi e seu andar simples, quase sem prumo, o rosto vincado e curtido, os cabelos grisalhos... Apesar de muitas obrigações de então, o texto começou a se formar sem que eu planejasse, sem que eu quisesse, sem que assumisse que iria escrever tal livro.

—E o livro do Faulkner? Ouvi de Renard, meses depois, e acabei, um pouco acanhado, assumindo que estava escrevendo. Isso mesmo; continue.

Bastou uma pesquisa breve na internet e lá estava a vinda de Faulkner em 1954. O mesmo 1954 em que Pau Casals se deixou filmar para o breve documentário do norte-americano Robert Snyder na abadia de Saint-Michel-de-Cuxa, no exílio na França, tocando a Suíte nº1 para violoncelo solo de J. S. Bach. 1954 em que, por qualquer outro motivo, ou até pela profunda falta de mira a bala que resvalou no pé de Carlos Lacerda atingiu em cheio Getúlio Vargas. 1954 no qual Giuseppe Tomasi di Lampedusa, depois de assistir a um encontro literário em San Pellegrino Terme (seu sobrinho era um dos convidados) decidiu, enfim, compor *O leopardo*. 1954, Glenn Gould reapresentou ao mundo as Variações Golberg, ao vivo, no estúdio da rádio RBC, do Canadá, gravadas em disco no ano seguinte.

1954, Robert Walser que descobrira o tamanho minúsculo do homem procurava um caminho, solitário, em meio à neve daquelas paisagens suíças, no fundo, (sabemos hoje) todas elas íntimas. 1954, na ausência de um Moisés, Luther King decidiu pastorear um povo, enquanto Gaston Gallimard anunciava o aparecimento na Bibliothèque de la Pléiade dos três volumes da primeira edição crítica de *Em busca do tempo perdido*. 1954 ano em que Strossner chegava ao poder no Paraguai, feito um Caronte ou arauto de nuvens que se insinuavam na América Latina. 1954, João Cabral afastado do Itamaraty respondia processo por subversão da ordem, do barroco da língua, subversão da poesia.

1954, dois anos depois de ter escrito *Nossa necessidade de consolação é difícil de saciar*, Stig Dagerman chegava à conclusão que toda essa comédia deveria chegar ao fim.

1954, por mais que andasse, eu não alcançaria.

Depois de muita conversa, certa vez Renard me acompanhou até o elevador, e depois de abri-lo para que eu entrasse, bateu no meu ombro e disse: Sabe, Duarte, ele sempre me chama pelo sobrenome, tem uma coisa... Que eu fico pensando, não sei, se já falei isso contigo... Eu fico pensando (ou terei pensado?): Quanto do Faulkner não tem o Christmas? Tchau. Nos despedimos rapidamente, prometi telefonar pra semana (ainda me lembro).

A porta se fechou, desci, segui pelo metrô, e minutos depois entrei em casa...

Nunca me livrei desta pergunta.

Em casa, talvez fosse o vinho, um pouco mais do que o habitual, ou o sono, havia uma irritação e vontade de escrever, os movimentos pareciam mais lentos do que eu previra mentalmente. A imaginação fabricava um Faulkner, que naquela hora me parecia fácil de ser imaginado, o aspecto, os trejeitos, a roupa...

"A irritação" (não continuei a linha)

Escrevi mais abaixo na minha letra minúscula:

"A irritação se insinuava como uma pequena dor de cabeça"

Amanhã veria o resto, comporia mais um pouco. Sem apagar o que me seguia como um enigma insistente. Quanto de Faulkner tem o Christmas?

PRÊMIO JOVEM LITERATURA LATINO AMERICANA CONCEDIDO ESTE ANO CONCEDIDO AO BRASIL

O mais difícil, para um jovem escritor, é freqüentemente, ser editado pela primeira vez. E ainda, que o livro de um desconhecido chame a atenção da mídia e dos leitores.

A vocação da *meet* — *Maison des Ecrivains Etrangers et des Traducteurs de Saint-Nazaire* é de efetuar um trabalho de descoberta. Por isso nos pareceu interessante — a Marcos Asensio e a mim mesmo —, há uma dezena de anos, criar este prêmio bianual em um país diferente da América Latina.

Ele é concedido a um escritor de menos de trinta e cinco anos, não tendo ainda publicado um livro, podendo, no entanto, ter publicado em revistas ou em antologias. O júri é composto de escritores, tradutores e críticos literários. O premiado é, portanto, escolhido por seus pares, e legitimado de certa maneira por escritores já reconhecidos, críticos, tradutores que chamam assim a atenção para o livro.

O livro do premiado é publicado em seu país na versão original e na França, em versão bilíngüe. O autor premiado é convidado para uma residência de dois meses na *Maison des Ecrivains Etrangers et des Traducteurs de Saint-Nazaire*. Ele se beneficia ainda de uma bolsa e de uma apresentação pública no quadro dos Encontros internacionais "meeting", em novembro, em meio a um grupo internacional de cerca de trinta escritores. A premiação é constituída por esse conjunto de ações.

Assim, o último premiado, Oscar David Lopez, mexicano, fez sua residência em Saint-Nazaire em novembro e dezembro de 2006, e a *Maison des Ecrivains Etrangers et des Traducteurs* publicou em versão bilíngüe seu primeiro livro, *La nostalgie de la boue* ("Nostalgia do lodo"), traduzido por Frédéric Tellier. Ele se viu recebendo seu Prêmio em companhia de Russel Banks, o qual foi laureado com o Prêmio Laure-Bataillon de melhor tradução do ano. Eis como se pode de um golpe tornar-se um escritor...

E esta fórmula funciona, pois este jovem mexicano acaba de publicar sua segunda obra, *Gangbang*, pelo *Fondo Editorial Tierra Adentro de Mexico*.

Os laureados das precedentes edições do prêmio foram:

ALFREDO NICOLÁS PELÁEZ
Uruguai
JESÚS VARGAS GARITA
Costa Rica
SALVATORE MALDERA SATTORI
Venezuela
YAM MONTAÑA
Cuba
OSCAR DAVID LÓPEZ
México

O Prêmio é concedido neste ano a Antônio Dutra por seu romance *Dias de Faulkner*. Prêmio outorgado em São Paulo, à ocasião da XX Bienal Internacional do Livro. O romance aparece publicado no Brasil, pela Imprensa Oficial do Estado de São Paulo, com apoio da *meet* e do Serviço Cultural do Consulado Geral da França em São Paulo.

O júri desta sexta edição foi assim constituído:

BERNARDO AJZENBERG
Escritor
CÍNTIA MOSCOVICH
Escritora

LUIZ RUFFATO
Escritor
MANUEL DA COSTA PINTO
Jornalista e presidente do júri
PATRICK HOUDIN
Tradutor
PAULO LINS
Escritor
REYNALDO DAMAZIO
Jornalista
SÉBASTIEN ROY
Tradutor

Convidado a Saint-Nazaire em novembro e dezembro próximos, Antônio Dutra participará dos encontros literários internacionais "meeting", de 13 a 16 de novembro, para os quais acaba de escrever um texto destinado à coletânea *L'Histoire ou la Géographie* ("História ou Geografia").

Dias de Faulkner terá sua edição bilíngüe em novembro, na França, pelas edições *meet*.

PATRICK DEVILLE
DIRETOR LITERÁRIO

NASCE UM AUTOR

Nossa bem-sucedida parceria com o Consulado Geral da França data de alguns anos, e com muito prazer, em fins de dezembro de 2006, aceitamos o convite para participar no Prêmio *meet* Jovem Literatura Latino-Americana, para realizar a co-edição em português, do livro vencedor do concurso em 2008.

Iniciativas como essas devem ser incentivadas e, no ano em que coube ao Brasil, à cidade de São Paulo, sediar essa premiação destinada a revelar jovens autores, a Imprensa Oficial, que tem se caracterizado pela preservação da memória cultural, viu aproximar-se o momento de diversificar rumos, fixando uma ponte que unisse passado e futuro. Resgate e descoberta. Assim se conduz também outra nossa parceria, por meio da coleção de dramaturgia contemporânea *Palco-sur-scène*, marcada por autores que renovam a linguagem teatral.

O júri do Prêmio *meet* 2008 indicou Antônio Dutra, um jovem carioca, historiador em sua origem, cuja narrativa apoiada em aprofundada pesquisa, enriquecida por profícua imaginação nos trouxe de volta aos nossos dias, William Faulkner, súbito tão vivo. Resgatando a ambientação da cidade de São Paulo no início da década de 1950, aponta com acuidade alguns de seus lugares-chave e elementos urbanos, tudo tão bem recomposto, assim como os temas que tomavam a cabeça do escritor, a questão racial reiterada em todas as entrevistas reconstituídas em seu livro. Traz também as personalidades ativas de nossa vida intelectual — Lasar Segall, José Geraldo Vieira, Di Cavalcanti, Cecília Meireles, o arquiteto Warchavchik, Lúcio Cardoso, Oscar Pimentel, Flávio Motta, entre outros.

O texto é repleto de sutilezas, nuançando o protagonista em múltiplos encontros e desencontros em nossa cidade, metrópole que se configurava naquele tempo apenas como uma promessa. Antônio Dutra traça um nítido desenho da situação que cercou e cerceou os momentos de Faulkner no país. Sua predileção pelos destilados, a perspectiva ainda que malograda de encontro entrevisto com L., a presença feminina que aqui tangenciou seu caminho, fixada apenas pela inicial do nome; a resistência e indisposição de Faulkner para com os enquadramentos que o *entourage* diplomático insistia em insinuar, tornando sua viagem maçante, agravada por suas dores crônicas.

O autor faz desfilar, como em fabulação que o escritor certamente construiria apenas para si próprio — Conrad, Joyce, Proust, Balzac. Aproxima-se de outras linguagens da criação artística, dissecando em uma frase o fotógrafo Cartier-Bresson — o que nos sugeriu destacá-lo nesta edição.

Não há dúvidas de que o júri selecionou uma nítida vocação literária. Nasce um autor. Congratulamo-nos com a *meet* — *Maison des Ecrivains Etrangers et des Traducteurs de Saint-Nazaire*, com Patrick Deville e Marcos Asensio pela iniciativa da criação de prêmio que contempla a criação literária na América Latina, e esperamos que este livro seja o primeiro de uma série que revelará jovens autores, parte da rica e diversificada literatura brasileira.

HUBERT ALQUÉRES
DIRETOR-PRESIDENTE
IMPRENSA OFICIAL

NOTA DO PRESIDENTE DO JÚRI MEET 2008

O escritor como personagem às voltas com seus fantasmas reais e imaginários, — este é sem dúvida um dos tópicos da pós-modernidade, na qual se busca abolir a ficção por meio de um pressuposto de verdade (a vida empírica do autor) que embaralha as cartas e, ironicamente, redobra o efeito de irrealidade, o triunfo do ficcional. Nessa margem em que natural e inverossímil, documento e invenção, pesquisa e fantasia se tangenciam, aparecem livros que fundam uma tradição recente — desde o já clássico *A morte de Virgílio*, de Hermann Broch, até romances como *Os últimos dias de Baudelaire*, de Bernard-Henri Lévy, ou *O mestre de Petersburgo*, do sul-africano (e Nobel de literatura) J. M. Coetzee, sobre Dostoiévski.

No Brasil, a narrativa pós-moderna encontrou espaço na obra de Silviano Santiago — que nos livros *Em liberdade* e *Viagem ao México* ficcionalizou as biografias de Graciliano Ramos e Antonin Artaud, respectivamente —, em romances históricos de Ana Miranda (*Boca do inferno*, sobre Gregório de Matos, e *Clarice*, sobre a autora de *A paixão segundo GH*) e, em chave mais paródica, *Borges e os orangotangos eternos*, de Luis Fernando Verissimo, e *Os leopardos de Kafka*, de Moacyr Scliar.

É dentro desse amplo registro que se insere um livro como *Dias de Faulkner*, no qual Antônio Dutra recapitula (ou recria) a visita que o escritor de *Santuário* e *Luz em agosto* fez ao Brasil, em 1954. Os registros dessa experiência nos mostram um Faulkner disperso, introspectivo, refratário aos contatos sociais, dos quais se protegia por meio de bebedeiras ininterruptas. Dutra toma essa circunstância como mote para uma narrativa que nada tem de documental, materializando o labirinto mental do romancista norte-americano ao criar diferentes enredos — ou versões — para sua errância brasileira. Estão presentes no romance episódios descritos na crônica jornalística da época e personalidades que ele conheceu — como Lúcio Cardoso, Lasar Segall, José Geraldo Vieira, Di Cavalcanti e Cecília Meireles.

Mas a verdadeira matéria-prima desse romance (que evita escrupulosamente parodiar o estilo de seu protagonista) é a paisagem interior de Faulkner contrastada com a paisagem que ele percorre, o fosso entre a experiência irredutível do escritor e a imagem pública do intelectual, entre a opacidade da qual emana a obra de arte (que assim permanece um enigma) e a transparência buscada pelo olhar dos outros (desejosos de encontrar a chave do enigma, pacificar o incômodo da obra).

A prosa límpida, quase jornalística, de Antônio Dutra funciona como pano de fundo ou tela de projeção para aquilo que permanece irrepresentável, ou seja, os pontos obscuros, a experiência incompartilhável de William Faulkner — que, como todo escritor, preferia se comunicar com seus leitores por meio de personagens e lugares imaginários. Em *Dias de Faulkner*, enfim, temos a obra faulkneriana como latência, ou como presença ausente, com a qual a narrativa de Antônio Dutra conversa por meio de sutis insinuações — provando que o recurso pós-moderno da metalinguagem, do uso da literatura como tema da própria literatura, pode ainda render obras com surpreendente força estilística como esse romance ganhador do Prêmio da Jovem Literatura Latino-americana promovido pela *Maison des Écrivains Étrangers et Traducteurs* (MEET).

MANUEL DA COSTA PINTO
PRESIDENTE DO JÚRI

AGRADECIMENTOS

A IMPRENSA OFICIAL DO ESTADO DE SÃO PAULO AGRADECE AO APOIO DO CONSULADO GERAL DA FRANÇA EM SÃO PAULO, ESPECIALMENTE AO CÔNSUL JEAN-MARC GRAVIER, AO ADIDO DE COOPERAÇÃO E AÇÃO CULTURAL — JEAN-MARTIN TIDORI, A CLAUDINE FRANCHON-CABRERA, ADIDA DE COOPERAÇÃO PARA O FRANCÊS, A COORDENADORA EDITORIAL MARINILDA BERTOLETE BOULAY E, AO DIRETOR DO MEET, PATRICK BONNET E SEU COORDENADOR EDITORIAL, PATRICK DEVILLE.

ANTÔNIO DUTRA É CARIOCA, NASCIDO EM 1974. FORMOU-SE EM 1998 EM HISTÓRIA PELA UNIVERSIDADE FEDERAL DO RIO DE JANEIRO. EM 2002 TEVE SEU TEXTO SOBRE "O PAPEL DO LIVRO NA CULTURA BRASILEIRA" PUBLICADO EM UMA ANTOLOGIA COM O APOIO DA ACADEMIA BRASILEIRA DE LETRAS. NO ANO SEGUINTE INICIOU SUA COLABORAÇÃO COM SITE LITERÁRIO PARALELOS. EM FEVEREIRO DE 2004, ASSISTIU A UM CURSO DE INTRODUÇÃO AO ROTEIRO, E EM JULHO, PARTICIPOU DA OFICINA LITERÁRIA VEREDAS DA LITERATURA DURANTE A FESTA LITERÁRIA DE PARATY. EM OUTUBRO, SEU PROJETO DE ROMANCE FOI SELECIONADO PELO JÚRI, O QUE LHE PERMITIU SER CONTEMPLADO COM A BOLSA DE CRIAÇÃO LITERÁRIA, CUJO RESULTADO FOI O ROMANCE *MATACAVALOS*, TERMINADO EM 2005, MAS QUE PERMANECE INÉDITO. MANTEVE-SE CONTRIBUINDO REGULARMENTE COM O BLOG PARALELOS, ASSOCIADO AO SITE DO JORNAL *O GLOBO* A PARTIR DE ENTÃO. DESDE 2006, ASSINA UMA COLUNA NO CADERNO BIS DO JORNAL *TRIBUNA DA IMPRENSA*.

CRÉDITOS DAS IMAGENS

FOLHA DE ROSTO
O ESCRITOR WILLIAM FAULKNER
EM SUA CASA, USA, MISSISSIPI, OXFORD, 1947
FOTO: HENRI CARTIER-BRESSON
MAGNUM PHOTOS

P. 115
FAULKNER DESEMBARCANDO EM CONGONHAS,
PARA O CONGRESSO DE ESCRITORES,
EM 10.08.1954
FOTO: ANTONIO AGUILAR
ACERVO: AGÊNCIA ESTADO

P. 127
ANTÔNIO DUTRA
FOTO: CADU PILOTTO

DIAS DE FAULKNER / ANTÔNIO DUTRA

imprensa ficial

IMPRENSA OFICIAL
DO ESTADO DE SÃO PAULO

Coordenação editorial
CECÍLIA SCHARLACH
Assistência editorial
BIA LOPES
VIVIANE VILELA
Projeto gráfico e diagramação
WARRAKLOUREIRO
Acompanhamento da impressão
ANDERSON LIMA
CTP, impressão e acabamento
IMPRENSA OFICIAL DO ESTADO DE SÃO PAULO

APOIO

m e e t
Saint-Nazaire

MAISON DES ECRIVAINS ETRANGERS
ET DES TRADUCTEURS DE SAINT-NAZAIRE

Coordenação editorial
PATRICK DEVILLE
Assistência editorial
ÉLISABETH BISCAY
FLORENCE LE PORT
SÉBASTIEN ROY

DADOS INTERNACIONAIS DE CATALOGAÇÃO NA PUBLICAÇÃO (CIP)
(CÂMARA BRASILEIRA DO LIVRO, SP, BRASIL)

DUTRA, ANTÔNIO
DIAS DE FAULKNER/ ANTÔNIO DUTRA. — SÃO PAULO: IMPRENSA OFICIAL, 2008.

APOIO: CONSULADO GERAL DA FRANÇA EM SÃO PAULO, MEET-MAISON DES ÉCRIVAINS ÉTRANGERS ET DES TRADUCTEURS DE SAINT-NAZAIRE.

ISBN 978-85-7060-611-2

1. ESCRITORES NORTE-AMERICANOS — SÉCULO 20 2. FAULKNER, WILLIAM, 1897-1962 3. ROMANCE BRASILEIRO I. TÍTULO.

08-06671   CDD-869.93

ÍNDICES PARA CATÁLOGO SISTEMÁTICO:
1. ROMANCES: LITERATURA BRASILEIRA 869.93

© IMPRENSA OFICIAL 2008

FOI FEITO O DEPÓSITO LEGAL
NA BIBLIOTECA NACIONAL
(LEI Nº 10.994, 14.12.2004)
DIREITOS RESERVADOS
PROTEGIDOS PELA LEI 9610/98
PROIBIDA A REPRODUÇÃO TOTAL
OU PARCIAL SEM A PRÉVIA
AUTORIZAÇÃO DO AUTOR E/OU
DOS EDITORES

IMPRENSA OFICIAL
DO ESTADO DE SÃO PAULO
RUA DA MOOCA 1921 MOOCA
03103 902 SÃO PAULO SP BRASIL
SAC GRANDE SÃO PAULO
TELS (55 11) 5013 5108/5109
SAC DEMAIS LOCALIDADES 0800 0123 401
LIVROS@IMPRENSAOFICIAL.COM.BR
WWW.IMPRENSAOFICIAL.COM.BR

**GOVERNO DO ESTADO
DE SÃO PAULO**

Governador
JOSÉ SERRA

**IMPRENSA OFICIAL
DO ESTADO DE SÃO PAULO**

Diretor-presidente
HUBERT ALQUÉRES

Diretor Industrial
TEIJI TOMIOKA

Diretor Financeiro
CLODOALDO PELISSIONI

Diretora de Gestão de Negócios
LUCIA MARIA DAL MEDICO

Formato
12.5 x 19 cm
Tipologia
DIN REGULAR
Papel capa
DUO DESIGN
300 g/m²
Papel miolo
OFFSET
90 g/m²
Número de páginas
136
Tiragem
2000